JN062193
で
妹天使と
なにかする。
深見おしお
Illustration 福きつね
TOブックス

目次（もくじ）

Isekai de Imouto Tenshi to Nanikasuru....

Contents

イラスト 福きつね　デザイン AFTERGLOW

第一章 天使が妹になった件

第一話　三秒ルール

――なにやら頭に衝撃が走った気がした。そして目が覚めた。

周囲はとにかく真っ白。目の前には同じように真っ白いワンピースを着た金髪の少女が、俺の両頬を両手で挟んだまま固まっている。よくわからないけれど、とりあえず声をかけてみるか。

「あの、ここはどこ？　私は俺？」

「……はっ！　……やっぱり目覚めてしまいましたか。このまま目を覚まさなければ良かったんですけど。はぁー、どうしよう……」

体をビクンと揺らした後に不穏な発言をした少女は、ガックリと肩を落としてそう答えた。よく見たら金髪なだけじゃなくて、目の色も青くて外国人さんのようだ。掛け値なしの美少女である。というか背中に羽が生えているように見えるけどコスプレってやつ？

そんなことを考えたりしていると、自分の体の違和感に気づいた。

あれ？　俺って手足もなんもなくね？　というか丸っこい球になってね？

頬を触られているような感触はあるんだけれど、手足は無く、そしてなぜか自分が球体になっているのが自覚できた。そんな球体の俺を金髪の少女が両手に持って、少女の顔と同じ辺りまで掲げているのが今の状況のようだ。はっきり言って普通じゃない。

「あ、あの、これってどういう状況？」

「あっはい、説明しますね。あなたは死にました」

アッハイ。……っていやいやおかしいって！

昨日はたしか仕事が終わってそのまま行きつけの居酒屋に寄って、ずいぶん酔っ払ったけどなんとか自宅に帰って、そのままベッドに潜ったはずだって！

「あー死んだ時のことをよく思い出せない方はたしかにいるんですけど、あなたの場合は違いますね。酔っ払った時に派手に滑って後頭部を床にぶつけたでしょう？　酔っ払って覚えてないかも知れませんけど。アレが原因でお布団の中で死亡したみたいですね。そんなに苦しくはなかったんじゃないでしょうか。ラッキーですねー。まぁその場ですぐに病院に駆け込んでいたら助かっていたかもしれませんが」

マジかよ。俺死んじゃったのかよ。というか、わざわざ話さなくてもダイレクトに頭の中の思考を読んじゃってますよね。

「そうですね。私、天使ですから」

ドヤ顔で天使（自称）は答えた。ウソであってくれと思いたいけれど、どう考えてもドッキリでもないし夢にしてはリアルすぎる。やっぱり俺死んだんだなあ。そして目の前の少女は天使なんだろうなあ。よく見れば頭上に輪っかまで浮かんでいるんだもんな。

「あの、それでこれから俺はどうなるんでしょう。なんか球体になってますし」

「あ、ああ……それなんですけどね、今のあなたは魂だけの状態です。そしてこれから魂洗機で魂を洗い、記憶を無くして輪廻転生の旅に出てもらうはずだったんですけど」

魂洗機？　と疑問に思ったところで天使の目線が横に向く。目線の先には二槽式の洗濯機みたいなモノがあった。え？　もしかして、俺ってこれで洗われちゃうの？

「そうですね。本来ならここにあなたを入れて、ゴワンゴワンと現世の記憶や罪を落としてもらい、キレイになったところで現世に再出荷するんですけどね……」

なんだか歯切れが悪いな。遠い目をしながら変な汗かいてるし。

「実は私、今日が転生作業初日の新人でして、ついついうっかり、あなたをポロリと落としてしまったんですよね。それでその衝撃であなたが目を覚ましたんですけど」

「頭を打って死んで、死んでからも頭かどうかはわからないけど床に落とされた訳ですか。嫌なことは続くもんだなあ……。でも体調？　は問題ないみたいだし、いいんじゃないですかね。死んだのは残念だけどどうしようもない。さっさと俺を魂洗機とかいうのにゴーしてくださいよ」

「そうしたかったのは山々なんですが……。普通は意識がない状態の魂をサッと魂洗機に入れて、サッと出荷するんです。ほらこのように」

と天使が真横に目線を向けた瞬間、真っ白い小部屋だと思っていた白い壁が半透明になり、周囲の様子がわかった。

まるでコールセンターかなにかの工場のように横一列に並んだ羽の生えた白い方々が、いきなり空間に現れた球体を掴み取り、魂洗機とやらの洗濯槽にしか見えない方にぶち込んでいる。

そして洗濯槽にぶちこんだ球体をすぐさま取り出し、次は脱水槽らしい方に叩き込む。それで脱

安全第一!

水された？　らしい白い球体は脱水槽の横に空いた穴からコロリと転がり、自動的に横付けされた白いベルトコンベアのようなものに載せられて奥へ奥へと消えていく。

その一連の作業を延々と繰り返しているようだ。作業スピードは恐ろしく早い。まさに職人芸だ。ちなみに天使たちは横一列に並んでいるが、その端は見えない。広さどんだけだよ。

「あんなペースで作業しているなら、俺一人にこんなに構っている余裕はないんじゃないの？」

「そうなんですけど、あなたのように意識を取り戻してしまうと、かなり面倒なことになってしまうんですよね。魂洗機は前世の記憶や汚れを洗い流せますが、天界で目覚めてしまうとそれらが上書きされちゃって消えなくなっちゃうんです。あーあー……どうしよう」

天使は俺を両手に持ったまましゃがみ込んだ。かなり落ち込んでいるようだ。だからって、また俺を落とさないでね。

「でもあんな流れ作業なら、今までにも失敗した前例とかあるんじゃないの？　それにほら、三秒以内ならセーフだとかさ！」

「そうなんです。実は意識を取り戻しても、三秒以内なら完全に上書きする前に洗っちゃうのでセーフなんですよね。研修でもそのように習いましたから。ガンコな汚れ程度の認識です。でも思わず頭が真っ白になっちゃって、あなたを手に持ったまま固まっちゃったんですよねー」

三秒ルールあるんかい。しかももう手遅れなのかよ。

「はぁ……。とりあえず、上司に報告に行きます。ホウレンソウは大事ですからね。はー、すっごい怒られるんだろうなあ……」

と、天使が俺を掴んだまま目を瞑った。すると目の前が真っ白になり、次の瞬間、長髪白髪の偉い人オーラが半端無いじいさんが現れた。

第二話　天狗の仕業

俺を連れてきた天使を、そして俺を見つめた後、超偉そうなじいさんが話し始めた。

「……たしかお主は今日が初日だと思うんじゃが……。ふむ、どうやらいきなりやらかしたようじゃの？」

ため息まじりのじいさんの問いかけに、天使は直立不動のまま肩をビクンと揺らした。ちなみに俺はその横で浮いている。どうやら意識があるとふよふよ浮くみたいだ。

「は、はい！　昨日は初出勤の緊張でなかなか眠れず、とりあえず眠るまで地上のゲームで遊んでいたんですけど、いつの間にか朝になっていたのでそのまま出勤して一時間ほど魂洗作業をしていたら、気がつけば魂をはたき落としてました！　おそらく妖怪の仕業だと思われます！」

はたき落としたのかよ。

「天界に妖怪なんぞおらんわ！　つまり居眠りして手元が狂ってしまい魂を覚醒させてしまったと」

「じゃあゴル○ムの……」

「おらん！」

じいさんが天使をジロリと睨《にら》んだ。

「だいたい合ってます……」

「はぁ……。とりあえず事情は理解した。さて、それではお主……、個体名ヨシダ・マサルか。お主はどうしたい？」

どうしたいってなにをだろうか。

「この後のことじゃ。お主の魂の記憶が天界にて強固に上書きされ、このままでは輪廻転生はできん。魂を砕いて新たな魂を作り直すことは可能ではあるが、どうやらお主はそれほどの罪を犯した人の子ではないようじゃ。不手際はこちら側にあるゆえ、そのような手段を取るのも躊躇《ためら》われる」

魂を砕くとか恐ろしいこと言い出しましたよ。できることなら回避したい案件だよなあ。

「それなら生き返らせてもらえたり……とか無理ですかね？」

「無理じゃな。お主からすれば寝て起きたら今ここにいるのかもしれんが、実際にはもうそれなりに月日は経っておるぞ。もちろん肉体はすでに喪われておる」

ああ、そうなんだ……。母ちゃんごめんよ。親不孝だったよなあ。生きている間に親孝行したとは胸を張って言えないだけに後悔が残る。

「母親はお主が死んで半年後にパート先の男と再婚して、幸せに暮らしておるようじゃぞ。これまでは多少マザコン気味のお主に気を使っていたようじゃな」

クッソ！　パートに行くにしても化粧しすぎなんじゃね？　とは思っていたんだよなあ！

「お主は現世に恋人も親しい友人もおらんかったじゃろ。それならもう現世には思い残しも無いのではないか？」

なにげにボッチと言われているような気がするけど、特別親しい友人がいなかっただけで、それなりに会話したりメシを食いに行ったりする同僚や友達はいたんだからね！　本当なんだからね！

とはいえ、先立つ不孝をしてしまった母ちゃんも再婚して幸せに暮らしているのなら、じいさんの言うとおり思い残したことはないのかもなあ……。

「そこで、じゃ。現世には戻れない。このままでは輪廻転生の旅にも加わることもできない。そんなお主にこちらから提案がある」

あっ、ここからが本題っぽい。

「異世界に転生してみる気はないか？」

おっと来たよコレ。

「異世界に転生ですか」

「うむ、記憶を消すことはできないので、お主のいた世界に転生することはできん。しかし他所でなら記憶を持ったまま転生してもよかろう」

まんま異世界転生ってヤツだな。俺もネットを巡回していて話題になっていたＷＥＢ小説やアニメなんかをいくつかは読んだり観たりしたことはある。ハーレムでウハウハしたり、チートスキルで無双したりするヤツだ。

「ハーレムのう……。前世で異性との関係をロクに維持できなんだ人の子がよく言うわい」

じいさんはバカにするでもなく普通に呆れていた。こっちのほうが胸にくるものがあるな……。

彼女が欲しいと思うこともあったけれど、社会人になってからは仕事がキツすぎてそれどころじゃなかったし、いいなと思う娘がいても、いつの間にか誰かと付き合ってたりするしさあ。

「そちらで流行っているラノベやらギャルゲーやらの弊害じゃな。特に秀でたる能力も無しに鈍感や草食がモテるのは物語の中だけじゃよ」

ラノベやギャルゲーでは、やさしいだけでモテていたというのに現実って厳しいよね。

「そんなの最低限の個性の中のひとつじゃ。しかも親しくなってようやく感じることのほうが多いものじゃしな。出会いの段階で相手の心根なんてわからんじゃろ」

ぐうの音も出ない。それにしてもこのじいさん、妙に日本のサブカルチャーに詳しそうだな。

「ウォッホン！　話が逸れたな。それで、じゃ。異世界ならお主を転生させてやってもよいぞ。それとも魂を砕かれて廃品再利用コースがいいかの？　お主がいいならそれでもよいぞ」

うーん、罪人なら適用されるっぽい魂砕かれコースは普通に怖いしお断りしたい。それなら異世界に転生したほうがいいんだろうか。でも俺の想像しているような異世界って、いかにも仁義なき世界だろうし、今まで生きていた日本ほど平和な生活はできなさそうだよな。俺、そんなところで生きていけるのかな？

「そうじゃな。すぐに死なれてはこちらも困る。お主が異世界で長く生きることで一度固まってしまった魂を柔らかくさせ、再び輪廻転生の旅に送り出すのが目的なんじゃからな」

あー、ガンコな汚れを落とすためにつけ置きするようなもんなんですね。

「じゃから多少は特典とサポートくらいは付けてやろう。土２５６７３８８８よ」

「あっ、ハイ！」

今まで空気だった天使が直立不動で返事をした。っていうか、土ナントカってのはこの天使の名前かな？

「うむ、お主も見たようじゃが、天使はそれこそ数え切れないほどおるのでな。すべてに名前を付ける時間があるのなら、その時間で一つでも多くの魂を救済したほうがよっぽど有意義じゃろ。よって自らの持つ属性と通し番号だけじゃ」

ふーん。まぁあれだけたくさんいるならそれもやむ無しか。通し番号で名前があるだけまだマシかもしれない。

「で、その……サポートというのはまさか……」

天使、土ナントカさんが顔面を真っ青にしながら、偉そうなじいさんにお伺いを立てた。

「うむ、お主も一緒に転生してくるがいい。どうやら研修だけではお主の教育には足りんらしい。人の子に寄り添い支えることで、天使としての成長を期待しよう」

「そ、そんな！　それなら再研修でも受けたほうがマシじゃないですかー！」

「じゃから良い修行になるんじゃろ。なにより拒否権はない」

「でもアレですよ！　私は天使ですから人の子とは魂の性質が違いますし、転生とか無理なんじゃないですか⁉」

「ちょうどここに人の子の魂がある。それをお主と掛け合わせてちょちょいと弄《いじ》ることで、お主の魂を限りなく人に近づけることがワシには可能じゃ」

そこまで聞いて、天使さん顔面ブルーレイ。なんだか俺の魂と天使を掛け合わせるみたいなことを言っているけど、それって平気なのかな。

「ま、問題無いじゃろ。特典の方は向こうで±2567388８に確認せい。それに天使の魂と混ざり合うことで、少しは才能に恵まれるやもな？　では、そろそろ行ってくるがいい」

そこまで言うとじいさんが眩しく光り始めた。そして天使と俺が急激に近づいて、重なり、混ざり合い――

第三話　おばさん型巨人

「オギャー！　オギャー！」

気がつけば、俺はおばさん型巨人に掴まり号泣していた。そして訳もわからないまま号泣していると、どうやら柔らかい布のような物で包まれたような感覚があった。

なぜか目がかすみ見えにくい。そしてしばらくすると同じようにおばさん型巨人に抱かれた真っ赤なサルが目の前に見えた。というかこれはアレだ、人間の赤ちゃんってヤツだね。

「おぎゃーおぎゃー」

俺と同じように泣いてはいるんだが、若干棒読みっぽい。しかもまだまだ短い片腕で胸を、もう片方で股間を隠そうとしているようにも見える。

おばさん型巨人は俺の横にその赤ちゃんを寝かせると、巨大なベッドに仰向けで横たわっている、同じく巨人の若い娘に向かって話しかけた。

「レオナちゃん！　元気な双子の赤ちゃんだよ！　いやまあ片方はなんだか変な様子だけど？……いや、でも五体満足！　良かった、良かったねえ！」

俺の横にいる赤ちゃんを見ながら、おばさん型巨人が気まずさを勢いでごまかすように話す。ベッドに横たわる娘は特に気にした様子もないようで、ただ俺たちの方を向いて安らかな笑みを浮かべていた。

これはさすがに俺だって状況を理解しましたよ。これは転生したんだって。今の俺は生まれたての赤ちゃんってことなんだろう。

『――ヨシダさん。ヨシダさん、聞こえますか？』

と、そこで頭の中に声が響いてきた。頭の中に響いているのに、なぜか声が響いてきた方向がわかる気がして隣を見ると、さっきまで胸と股間を隠していた、今は白い布で包まれている赤ちゃんと目が合った。

『あっ、聞こえているみたいですね。私です。天使の±2567388８です』

正確な時間はよくわからないけれど、俺の体感ではついさっきまで一緒にいた天使のようだ。

『どうやら私たちは上司に魂を掛け合わされたうえに二つに分けられ、双子としてこの世界に受肉したようです』

『えっ、なにそれ大丈夫なの？』

『まあ上司のすることですから、変なことにはならないとは思いますが……。それでもこのような試みは私は聞いたことないですからね、正直私のようなぺーぺーにはよくわかりません』

『なんかすごいことを軽くやっちゃったんだね。今更だけど、あのじいさんって神様？』

『あなた方の言うところの神という認識で間違いないかと思います』

『そうか、やっぱり神様だったんだな……。君と掛け合わされたってことは、俺や君って天使の力みたいなものって使えるの？』

『私が天使だった頃に使えた技能は使えないと見て間違いなさそうです。上司の言っていた、「少しは才能に恵まれる」というところに期待するしかありませんね……。ところで、さっき私の胸と股間を凝視していたのはさすがにちょっと引きますね。レベルが高すぎませんか？』

『別に見てないし！　さすがにそんな趣味はないわ！』

『本当ですかね？　ま、それはさておき、あなたと私の魂は混ざりあったことでバイパスが通り、このように声を介さず会話はできるようです』

『テレパシーとか念話とか言われるものかな？　そういえば今ここにいる人の会話もまるで日本語のように理解できるけど、これは？』

『上司がサービスに付けておくと言ってました。異世界言語翻訳のギフトのようです』

『ギフト？』

『生まれた時から持っている才能のようなものです。これらの才能は後天的に発生することもありません。まさに神から贈られしものだということでギフトと呼ばれています』

『つまり神様からのサービスなのか。まあ前世の記憶があるまま言葉のわからない世界に放り込まれるのはつらそうだし、ありがたく受け取っておこう。ほかにはなにか無いのかな？』

『ありますよ。いわゆるアイテムボックスってヤツですね。魔力の容量に応じて収納容量が増え、いつでも出し入れ可能です』

『おおっ、魔力もある世界なのか。それに便利そうなギフトだね。なかなかサービスが手厚い気がするよ。なかなかやさしい神様じゃないか』

『……とばっちりで飛ばされた私としては、まったくそのようには思えないんですけど……』

元天使が死んだような目をしながらボソリと呟いた。

『あー、まだ引きずってるみたいだなあ。まぁ初仕事の日にいきなりやらかして現世に転生とか、すぐに心の整理が付くほうがおかしいかもしれないけどさ。とはいえ、考えたところで今更どうしようもないんだし、ここは切り替えてやっていくしかないんじゃない？』

『はぁー。やっぱりそうですよね。……よし、わかりました。こうなったら、私もせっかくの現世を目いっぱい楽しもうかと思います。この世界の知識については転生直前に上司に叩き込まれてきましたので、そちら方面でのサポートは私にお任せください。それでは今後ともよろしくお願いしますね、お兄ちゃん』

『お、おう。こちらこそよろしく頼むよ』

そのような脳内会話をしていると、頭の上から声が聞こえた。

「泣き止んだと思ったら、坊やとお嬢ちゃんが仲良く見つめ合ってるよ！　こりゃあ将来も仲良し兄妹になりそうでなによりだね！」

産婆さんと思《おぼ》しきおばさんが快活に笑い、元天使を抱き上げると母親の方へと向けて見せた。

『ひえっ、もっと大事に扱ってくださいよ。……って、この娘が私たちの母親ですか？　レオナって言ってましたっけ。少し若すぎませんかね』

『ちょっとまだ目がよく見えないんだが……たしかに若い……って本当だ、若すぎない⁉　ギリ高校生くらいに見えるんだけど』

『うむむ、お兄ちゃんに養ってもらうまではこの娘に養ってもらわないといけないというのに、これでは少し不安ですね……』

『さらっと不穏な言葉が聞こえたが今はスルーするとして……。さすがに俺たちの母親になる子にそういう言い方はよしなよ』

『やれやれ、お兄ちゃんはまだなにもわかっていませんね。この世界は社会保障制度なんてものはなにもないんですよ？　この娘の社会的地位や性格次第で私たちの人生が既に詰んでる可能性だってあるんですからね』

『うーん、まあそうかもだけどさあ』

そのように俺たちがぐだぐだと念話を交わしていると、話の中心となっていた若い少女は少し辛そうにベッドから上体を起こし、両手を前に差し出した。そして産婆さんから元天使をそっと受け渡されると、まだ疲労を感じるようなかすれた声で、元天使にゆっくりやさしく語りかける。

「ふふ、大丈夫よ。私は立派なあなたのママになるわ。だからね、そんなに怯《おび》えなくていいのよ……」

『……ふえっ？』

元天使が念話で変な声を上げた。俺も同じ気持ちだ。念話は聞こえていないはずだよな？

「どうしたんだい？　レオナちゃん」

産婆さんがレオナに問いかけた。するとレオナは優しい顔を浮かべたまま、元天使を見つめる。

「この子がね、まるで不安がっているような気がしたの。ふふ、どうしてかしら？　……大丈夫、ママが守ってあげるからね」

そして布に包まれたまま、頬を寄せるように元天使をふわりと抱きしめた。その母性に溢《あふ》れた表情を見た俺は、この母親ならきっと俺たちを大事にしてくれるだろうと確信した。

『マ……マ……』

突然うわ言にように元天使から念話が届く。

『どうしたんだよ？』

『……ママぁ、しゅきい～』

『へ？』

『……はっ！　えっ、えっと、えっと。……まぁ？　この母親のことは認めてやってもいいんじゃないでしょうか？　きっと私たちを愛情持って育ててくれると思いますよ』

『親を認めるとか、まるで反抗期みたいな言い草だなあ』

『そうです、さっきまでの私は反抗期でした。もうそれでいいです。そしてもうデレ期に入ったんですから、もう放っといて――ふにゃあママぁ～』

再びやさしく抱かれた元天使は顔をとろっとろにしながら変な声を上げた。

「ふふ、そうよ。安心してちょうだい。私があなたの……そして、あなたのママよ」

元天使に向けられていた優しげな顔が今度は俺へと向けられた。産婆さんは軽く頷《うなず》くと、ベッドから俺を取り上げて彼女にそっと抱かせた。こっ、これはっ……。

『ふああああああああああああ――』


こうして俺たち双子はこの少女の母性にあっさりと陥落したのだった。

第四話　吉田昌享年二十八歳

俺、吉田昌《よしだまさる》は世間的には一浪するほどでもないレベルの大学に一浪して入学し、その後リフォーム営業会社に就職。営業マンをしながら日々を過ごしていた。

きっと世間ではブラックと呼ばれるレベルに達している会社で、夜遅くに仕事を終わらせると深夜営業している行きつけの居酒屋で独り酒をするくらいしか楽しみがないような生活を繰り返していた。

そしてその日はひと月に一度はあるようなクレーマーにブチ当たってしまい、ストレス解消のためにいつもの居酒屋でいつも以上に泥酔。帰宅中に滑って頭をぶつけ、自宅に帰り着いたものの、そのままベッドで死んだらしい。享年二十八歳であった。

そんな俺だったが、死んだ後に魂むき出しの状態で天使の不手際により天界で覚醒。覚醒してしまうと輪廻転生ができないということで、記憶を残したまま異世界に転生することになった。

まぁ前世では働き詰めで、趣味やら旅行やらと人生を楽しんでいたと思えるのは大学時代まで、就職してからはご覧の有様だった。

あまりのキツさに再就職をしようと思ったことは何度もあったけれど、無計画に遊んでいたツケが回り資格も秀でた特技もなにもなかった俺にはそれすら難しく、結局流されるままにブラックな会社にこき使われ続けたのだ。もし仮にあのまま生きていたとしても、きっと擦り切れるまで働かされて、最後はポイッと捨てられたことだろう。

だからこそ、せっかく異世界に転生したのなら、今度はもう少しマシな人生になるように色んなことに手を出して、さまざまな技術や知識を吸収しながら生活していきたい。若いうちからスキルアップに努めれば、きっと俺の新しい人生は前世よりもずっと良いものになるはずだ。

もちろん自分を磨くだけではなく、今世を十分楽しんでいきたいと思う。

それになるべく長生きもしないといけない。なんて言ったたって、俺は魂のつけ置き洗いをするために異世界転生をしたのだから。

そう考えると達成するのが結構大変そうな人生設計な気がしなくもないけれど、そんな俺の新しい人生には、なんとサポート役まで付いてきた。

徹夜でゲームをした結果、うっかり俺の魂を落っことした新人天使である。ちなみに天界の一部では日本の漫画やアニメ、ゲームが普通に楽しまれているらしい。神様もなんだか詳しそうだったもんな。

前世で新入社員の教育係なんかもやったことがある俺からすると、新人のミスはなるべくフォローしてあげたいところではあるが、迷惑を被《こうむ》った当事者ともなるとそうも言っていられない。俺の双子の妹として受肉し、俺のサポートをすることが、彼女が神様から課せられた再教育のプログラムのようだ。

俺は神様と会ってすぐにこの世界に生まれたように感じたけれど、彼女は受肉するまでの間にこの異世界の知識をしっかり仕入れてきたのだと言う。その知識を存分に生かして俺をサポートしてくれるとのことだ。

今までの常識が通じない異世界でサポートがあるのは正直ありがたい。とはいえ、天使としての力は期待できないらしい。あくまで知識のみのサポートとなるそうだ。

しかし自らの失敗でそのような任務にあたることになったとはいえ、せっかくこの世に生まれたのだ、彼女なりに人生を楽しんでくれればいいなと思う。もちろん俺のサポートもしっかりしてもらうけどね。

彼女は属性名+ナンバリングの名前だったが、今世の両親にニコラと名付けられた。すごくかわいい名前を付けてもらったと、念話を通じてとても喜んでいたのがとても印象的だったね。

そのニコラに俺たちが転生したこの世界についてベッドの上でいろいろと聞いた。ベッドの上といっても寝物語的な色気のあるアレではなく、単に赤子二人が柵の付いたベッドで寝転がされているだけである。

この世界の名前はフェルガルド。いわゆる剣と魔法のファンタジー世界だ。前世と違い魔法があるので神様なんかもダイレクトに関わってくるのかと思いきや、基本的には魂の循環作業以外は関与してこないらしい。

それからやっぱり気になるのは魔法のことだが、この世界において魔法というのは体内に宿る魔力を練り込み、マナと呼ばれる属性エネルギーに変換、それを術者のイメージ通りに物質世界に顕《けん》現《げん》させることなのだという。

精霊なんかも存在しているらしいので、魔力やイメージの足りない部分を精霊に補ってもらうことで発動する精霊魔法なんてものもあるみたいだ。しかし精霊はどこにでもいるものではないので、あまり使い勝手はよくないそうだ。

そしてこの世界の文化は、俺の生まれ落ちた地域はいわゆるヨーロッパ風ファンタジーと言っていいだろう。ニコラによるとそれなりに世界は広いので、ほかにもいろんな文化もあるらしい。大きくなったら旅行に出かけてみるのもいいかもしれないな。

最後に俺とニコラの両親についてだ。領地持ちの貴族……ということはなく、宿屋を経営している若夫婦であった。レオナ母さんが若くてびっくりしたけれど、あのくらいの歳での出産は、この辺りではそれほど珍しいものでもないみたいだ。

宿屋の経営状態は悪くもなければ特別良くもない。町の中では中流家庭と言ってもいいだろう。両親ともに善良な心根のようだし、俺はこの家に生まれて良かったと思う。貴族なんかはマナーやらなにやら面倒くさそうだし、別に貴族社会にあこがれなんかも無かったしね。

ニコラにも聞いてみたところ、貴族なら政略結婚をさせられそうなうえ、仕事（俺のサポート）もやりにくくなるとのことで、むしろ庶民でよかったとのことだ。

たしかにニコラの言うように、貴族だと生まれた時点で面倒なしがらみも発生しかねない。もしかしたら庶民の両親に生まれたっていうのも、神様の思し召しだったのかな。今となってはまさに神のみぞ知るだけどね。

こうして俺の異世界での新たな人生が始まった。最初の頃は生まれたてのなにもできない状態に歯がゆい思いをすることが多く、少し成長してからは新しい世界の文化や慣習に戸惑い、ようやく落ち着いてきたのは俺が五歳になった頃だった。

第五話　Aのポーズ

「ぬっう〜〜〜ん……」

俺は自分の部屋で両足を肩幅に開き、両手を上に伸ばして手のひらを合わせ、いわゆるアルファ

ベットのAの形で突っ立っていた。

「なーにやってるんですか？　お兄ちゃん」

同じ子供部屋の中でジト目でこちらを見つめるのは、さらりとした髪を腰の辺りまで伸ばした美幼女ニコラだ。その美しい金髪は毛先にかけて水色のグラデーションが色づいており、前世にはない毛色だが、異世界のこちらでは稀《まれ》にあるらしい。双子の俺も同じ毛色だったりする。

ちなみにニコラの顔は天使だった時の面影があるような？　ないような？　天界での出来事はもう夢であったかのような曖昧な記憶しか残っていない。

そして俺は前世の吉田昌。こちらではマルクと名付けられた。貴族ではないので姓は無い。

「これは魔力を体内で循環させて魔力の器を広げるポーズだよ。宿屋に泊まっていた冒険者のおっさんに教えてもらったんだ」

「ああ、あの鼻の長いおじさんですか？　貫禄はすごくありましたね。それでそのポーズは効果はあるんですか？」

俺は五歳になり、体も少しは成長し、ようやく近場なら少しうろついても心配されない歳にもなったので、そろそろ輝かしい人生設計のために動き始めることにしたのだ。

そこでまずは剣と魔法の世界なら魔法を使ってみたい。そんな単純な理由もあるのだけれど、先日まで泊まっていたおっさんに体内の魔力を増やす方法を教えてもらったのだ。

「わからないけどほかにやりようがないしなあ。魔法について書かれた教科書とか家には無いし」

「それなら私に聞いてくださいよ。それなりにこの世界の知識は上司に叩き込まれてますから。その私が断言しますけど、その変なポーズをするだけでは魔力の増強効果があるとは言えませんよ」

「うへ、本当に!? あのおっさん、『魔道に近道は無し。今は効果がないと思うかも知れんが、いずれ実る時が来る。それまで精進せい』とか偉そうにそれっぽいこと言ってたぞ？」

「そもそも効果的な魔力の増やし方なんて、世間一般には広まっていないんです。それぞれが『ぼくの考えた最強の訓練法』を考えたり伝えたりしているだけです。中にはそれなりに効果的なのもあるのかもしれませんが……。Aのポーズもあのおじさんがそう思うならそうなんでしょう。あの・・・・・・おじさんの中ではですが」

ニコラがどこかで聞いたことのあるような台詞をキメ顔で言った。

「そういうものなのか。まぁ騙《だま》そうとしたんじゃないなら別にいいや。そういや前世でもいろんなダイエット法や健康法が生まれては消えていたよな。そうかー、ああいうものかー」

俺はできるだけさりげなく見えるようにAのポーズを解除した。今となってはちょっと恥ずかしい。ニコラがニヤニヤしてるように見えるけど気のせいだと思いたい。

「そもそもお兄ちゃんはどうして魔力の器を広げたいと考えてるんですか？」

「魔力の器ってつまりゲームでいうところの最大ＭＰみたいなモノだろ？ たくさんあるに越したことはないじゃないか。魔力の器が広がることで、魔法がたくさん使えるようになるっておっさんは言ってたぞ」

「ふむ……。その最大ＭＰという概念は間違ってないかと思います。ただ、Ａ！ のポーズでは魔力の器は広がらないと思いますよ」

ニコラが地味にAを強調する嫌がらせをしてきた。恥ずかしいからやめたげてよお！

「じゃあなんであのおっさんは、あれで魔力の器が広がると思ってるんだ？」

「普通に成長とともに器は広がりますからね。それで錯覚してるんじゃないですか？」

「成長とともにMPは増えていくのか。じゃあ鍛えることはできないのかな」

「いえ、できますよ。とにかく魔力を吐き出し続けることですね。なるべく枯渇《こかつ》状態にすることで足りない魔力を補うために魔力の器が広がるようになります。器の柔らかい幼い頃から訓練したほうがより効果的でしょうね」

「へー、やっぱり子供の頃から訓練が大事なんだな。前世のスポーツ選手とかもトップ選手は子供の頃から英才教育ってのが多かったもんなあ。よし、泣き虫○ちゃんに俺はなる！」

「そうですか。まぁがんばってください。将来なにをするにしても、魔力がたくさんあって困ることはないでしょう。それで立身出世をしてお金をたくさん稼いで、ついでに私を養ってくれることを期待していますよ」

「しれっとなに言ってんだよ……。それに俺は出世する気は別にないからな？　出世したら収入が増えてもその分忙しくなるもんだ。元ブラック企業の社員としては、そこそこ稼いでそこそこ休めるゆとりのある生活を目指したいよ」

「なんとも夢のないお兄ちゃんですねえ。『海○王に俺はなるっ！』くらい言ってくださいよ」

「それって将来賞金首確定じゃないか。いやだよ、そんな安らげない職業。そんなことよりさ、魔力を消費するっていったいなにをどうすればいいのかな？」

「あぁ、そうでした。まずはそこからになりますね。それじゃあ空き地で魔法の練習でもしてみますか？」

「ああ、近くにあるっていうあの空き地？　っていうか、ついに魔法教えてくれるの⁉　今までは聞いても教えてくれなかったのに」

「ええ、そうです。そろそろ身体の方も魔法の負荷に耐えられるかなー？　やっぱ無理かなー？くらいには成長したみたいなので頃合いかなと」

「なにそのちょっと不安が残る言い方。でもせっかくだし行って――」

と、ニコラと話していると、不意に扉が開いた。

「話し声がすると思ったら、二人ともこっちにいたのね。今ね、お客さんに出す新しいメニューを試作してみたんだけど、降りてきて試食しない？」

「ママ！」

ニコラが天使の笑顔とともに走り出して、扉を開けた女性の腰にしがみついた。俺とニコラの母親、レオナ母さんである。

俺たちを生んだ時はまだ少女の面影を残していた彼女だが、今は五歳の双子を育てる頼りがいのある母さんだ。ほわほわとした雰囲気を纏《まと》う美人であり、宿屋の若い客からのナンパは絶えない。もちろんキッチリとお断りしている。

「あらあら、ニコラは甘えん坊ね。それじゃあ抱っこしてあげるから、一緒に階段を降りましょうねー」

「うん！」

ニコラが天使の笑顔で以下略。

――おわかりいただけただろうか。俺の前では物静かでクールな物言いのニコラであるが、俺以外の前では超特大の猫を被っているのだ。本人曰《いわ》く、これがこの世を楽に暮らしていくための処世術らしい。

まぁ俺も近所のおばちゃんにかわいがってもらう時に年相応にあざとく振る舞うことはあるけれど、さすがにあそこまで割り切れないね。ニコラ、おそろしい子！（白目）

第六話　ドギュンザー

俺たちは母さんのお誘いに応えて一階に降りた。ニコラと念話を交わし、空き地での魔法の練習は母さんの用事が済んでからということになった。

厨房ではイケメンの若い男が新作らしい料理を前に、引きつった顔を浮かべている。

このイケメンは俺たちの父親、ジェイン父さんだ。ちなみに俺たちが生まれた時には部屋の外で右往左往していたらしい。衛生上の問題で、俺たちの状態が落ち着くまでは産婆さん以外は部屋に入れなかったのだ。

俺たちと初対面を果たした時の父さんのホッとした顔、その直後に見せた新たに守るべきものを得たという真剣な父親としての顔は忘れられない。ニコラはその顔を見ただけで、母さんに続き父さんも信頼に値すると感じたようだ。もちろん俺もだけどね。

そしてそんな父さんと母さんが経営するウチの宿屋は、ファティアの町にいくつかある宿屋の一つで「旅路のやすらぎ亭」という名前が付けられている。

町の端っこに位置する宿屋で、中央あたりにある立派な宿屋ほど繁盛しているとは言えないけれど、町の外へと通じる門から近いため、そこそこ一見さんの旅人や冒険者が訪れている。お陰でこのまま続けていっても早々に潰れるようなことはない程度には儲《もう》かっているみたいだ。

ウチの父さんは先代の爺ちゃんから宿屋を継いだ二代目。母さんは近所の防具屋の娘で幼馴染だったそうだ。

それで、だ。そんな父さんがどうして一人変顔グランプリをしていたかと言うと――

「さあ、マルク、ニコラ、食べてみてちょうだいね」

母さんがニッコニコ顔でテーブルの上に置かれた皿を勧める。皿の中には白いスープ。具はジャガイモとニンジンかな……？　肉は無い。

ちなみにこの世界にも前世と似たような野菜が結構あるらしい。異世界言語翻訳のギフトの効果なのか、似た野菜はそのまま前世の名前で通じる。便利だね。

そんなわけで目の前に置かれているのは、見た目だけならホワイトシチューのような料理に見える。だけど父さんの顔がすべてを物語る。……ああ、これはアカンやつやと。

うちの宿屋は基本的に父さんが料理をして、母さんとお手伝いのおばさんが宿泊用の部屋の掃除や、宿屋一階の半分ほどを占める食堂の接客業務を務める。

つまり母さんは本来なら仕事で料理をすることはないのだけれど、それでも料理を作りたがる。

ちなみに父さんは生粋の宿屋の二代目なので子供の頃から料理が得意で、母さんはそれに餌付《え》けされながら幼馴染として成長し、やがて夫婦となった。

そういった経緯なので特に料理について学ぶこともなく宿屋に嫁《とつ》ぎ、料理はそのまま父さんに任せ、母さんは掃除兼給仕係としてこの宿屋を支えていたわけだが、俺たちが生まれたことでその気持ちに変化が表れた。

それまでは料理ができないことをさほど気にはしていなかったみたいなのだけれど、母となったことで「子供に自分の手料理を食べさせてあげたい」という気持ちが芽生えたようで、それから料理に挑戦するようになったのだ。ちなみにこの辺の話は、赤子の俺たちの隣で夫婦で相談していたので筒抜けである。

父さんとしても母さんの気持ちは嬉しいみたいで、今更ながら料理を教えてはいるみたいなんだけれど、結果はあんまりよろしくない。

努力の結果、家庭料理なんかは一応のプロである父さんに劣るものの、それなりにはなった。だがそれに満足することなく、ダメな方にも努力するようになってしまった。ひと味加えた創作料理を作りたがるのである。

父さんも見守っているので、そうそう不味い料理はできないはずなんだが、ふと目を外した瞬間に自分の考えた隠し味を入れてしまうのだ。

本人曰く、父さんの言うとおりにしても父さんの味は超えられない。それならば自らの考案した隠し味で差を付けるしかないとのこと。やっかいな考え方だとは思うんだけれど、俺たちのためを思っての料理なので、できることなら微笑ましく見守っていきたいのだ。

そういう生暖かい環境で育成されている母さんの今回の手料理なのだが、父さんの顔を見るからにして目を外した隙にナニカを混入させられたのは確実。問題はソレがどの程度の破壊力であるかということだけれど……。

「ねえ、母さんは味見はしたの？」

「ええ、したわよー。今まで食べたことのない味がするし、これはいけると思うのよねー」

美味しい不味いで語ってはくれない。そうなのだ。母さんは味覚オンチなのである。そして父さんはなんだかんだで母さんには甘いし口下手なので厳しいことは言えない。つまり味見は俺たち二人にかかっている。

俺たちがヘタにお世辞でも言おうものなら、この料理が宿屋の料理として食堂に並ぶこともあるかもしれない。今はそれなりに順調な経営状態ではあるけれど、これが凋落《ちょうらく》への第一歩になる可能性だってあるのだ。五歳児の肩にかかる重圧としてはこれほど重いものはない。

ちなみにこれまではお手伝いのおばさんが味見をしていて、的確なアドバイスを送っていたそうなんだが、俺たちがある程度成長してきたことで最近の味見役は俺たちにシフトしつつある。母さんも我が子に一番に食べてもらいたいという善意からか、おばさんがいないタイミングを狙っているフシもあるんだよね。

「ねえねえ、二人とも。せっかくのスープが冷めちゃうわ。さあ召し上がれ〜」

笑みを浮かべた母さんが俺たちに味見を迫る。たしかにこのまま固まっていても始まらない。まずは実食……！　俺は皿にスプーンを差し入れ、中のスープを口に運んだ。

……白いスープはやはり牛乳がメインらしい。牛乳を使ったスープ自体は別に珍しいものではない。じっくり玉ねぎ等の具材を溶かし込んだスープは大変やさしい味で、俺も前世では行きつけの居酒屋の隠しメニューとして、酒を飲んだ後の締めとしてたまに頂いていた。

……だが！　これはそれとは異なる別のモノである！　やさしいはずの味がとにかく苦い。これはなんだ……なにを入れたらこんなに台無しの味に仕上がってしまうんだ⁉

『お兄ちゃん、早く引導を渡してやってください』

ニコラが感情を無くした顔でスープを啜《すす》りながら念話で俺に伝えてくる。こいつはいい子ぶるので、母さんを悲しませたり困らせたりする言動を嫌う。なので引導を渡すのは毎回俺の役目となる。父さんの監修のもと、それなりに美味しくできたときは俺が言うよりも早く「おいしーね！」と天使の笑顔で言うんだけどな。……とにかく今は感想を率直に言おう。

「母さん、これおいしくないよ。なにを入れたの？」

どやっ、はっきり言ってやったわ！　俺の言葉に父さんは片手で顔を隠して天を仰ぎ、ニコラは自分に矛先が向かないように完全に気配を消し去った。

「あれえ？　おいしくない？　おかしいわねえ。隠し味にドギュンザーの実をすりつぶして入れてみたんだけど。あの実の苦味が牛乳のやさしさを引き立ててより甘く感じられない？」

はい来ましたー！　異世界言語翻訳のギフトの壁を超えてくる食材が！　つまりドギュンザーとやらは、こちら特有の食材ということだ。俺は知らないけれど、どうやらとにかく苦い実らしい。そりゃあこんな味にもなるよね。

「甘い味に苦味を加えても引き立たないと思うよ？　なにより入れすぎたせいか、苦味しかないし」

「そうなの、またやっちゃったのね……。今度こそはあなたたちを喜ばせることができると思ったんだけどなあ……。ごめんね？」

母さんはへにょんと眉を下げて謝る。悪気はないのだからキッパリとNOと否定することは、こちらにも罪悪感が湧いてくるね。美味しいと言って食べてあげることはできなくもないけれど、それで宿屋の経営状況が傾いても困る。父さんとニコラにもこの断罪人の気持ちを少しはわかってほしい。

父さんの方をチラリと見ると、片手を縦に顔の前に掲げスマン！　とジェスチャーしていた。そのジェスチャーってこの世界でも通じるのな。

俺は父さんに頷いてみせると覚悟を決める。マズいことはマズいが、母さんの気持ちがこもった料理であることは確かなのだ。

「でも食べられないことはないから全部食べるね。今度は美味しいものを作ってよね！」

そう言ってニッコリ笑ってみせた。フォローを忘れない俺は実にイケメンな息子であると思う。

そしてしっかりと完食。……うっ、まだ口の中が苦いし、お腹の中もあの苦いスープで満たされているると思うと気持ちが悪くなってくる。

しばらくお腹をさすっていると、無言でスープを啜る機械と化したニコラもようやく食べ終わったようだった。さて、この後はお待ちかねの魔法の練習だ。

「それじゃあニコラと一緒に近所の空き地で遊んでくるね」

「はーい。夕食までには戻ってくるのよー」

「うん！」

「……パパ、ママ、行ってきまーす……」

青い顔をしたニコラもふらりと立ち上がる。俺たちはなるべく胃の中を刺激しないようにゆっくりと歩き出すと、厨房を抜けて空き地を目指した。

第七話　空き地

俺とニコラはお腹をさすりながらしばらくテクテクと歩き。空き地に到着した。

ウチの宿屋の裏手、徒歩で五分もかからない町の外壁沿いに空き地がある。

この空き地にはもともと雑貨屋があったらしいが、建物が老朽化していたので他所に店舗を移して取り壊し、更地にしたらしい。そしてこの土地は今のところは手付かずのまま放置されているそうだ。

ちなみに空き地ではあるが、土管は無いし、大長編だけキレイになるガキ大将もいないし、ガラスを割られて怒るカミナリ親父もいない。カミナリ親父って当時は怖いおじさんだと思っていたけれど、今になってみるとガラスを割られて怒らないほうがどうかしてるよね。

普通に考えるとこんな空き地があれば近所の子供たちの恰好の遊び場になると思うんだが、今はガランとしており人っ子一人いない。

まあ俺も最近この空き地の話を聞いて今日初めて来てみたんだけど、こういうもんなんだろうか。子供は大事な働き手でもあるので、親の手伝いでもしているのかもしれない。俺はまだ五歳だから手伝いをしていなくてもセーフのはずだ……よね？　まぁこれから魔法の練習という将来に関わる重要なお務めをするのだし、セーフということにしておこう。

「それじゃあさっそくやってみたいんだけど、なにをどうすればいいの？」

「そうですね。先に簡単に説明しますけど、魔法には火水風土の四大属性、光と闇の二極属性。それと無属性の七つの系統があります」

なるほど。その七つはよく聞く名前だ。なんと言ってもこの世界の七曜制にそのまま当てはまるからね。ちなみに休日に当たるのは光曜日だ。教会のイベントの日ってくらいの認識で、みんな普通に働いているけど。

「その中で、お兄ちゃんの得意な属性はなにかと言いますと、これはおそらく土だろうと思われます」

「どうして土と断定しているのか、一応聞いてもいい？」

「もちろん私が土属性の天使だったからですね」

「ああ、やっぱりそうなんだね」

「え？　なになに!?　もしかしてお兄ちゃん、土属性にガッカリしちゃってます？　お兄ちゃんが私の前で『土なんてダッセーよな！』なんて言っちゃうようでしたら、私としては訴訟も辞さないつもりですけど」

ニコラの整った眉の間に深い皺《しわ》が刻まれた。どうやら土属性の天使だっただけに、土属性というものにプライドを持っているようだ。

「いやいや、別にガッカリはしていないよ。そりゃあ土属性って言うと、地味だったり、四天王最弱だったり、カレーが好きそうなイメージがあるけどさ、得意だってわかる属性があるだけでも御の字だと思うし」

「うぐっ、地味に精神的ダメージを与えてくれますね……。ま、まぁ、お兄ちゃんに思うところがないなら別にいいです。……そういうことですね、私の魂と掛け合わせたらしいお兄ちゃんも土属性が得意なのは間違いないと思います。上司がサービスしてくれたらしいですしほかの属性も使えそうではありますけど、とっかかりとしてまずは土属性から試してみましょう」

「うん。それでどうやるの？」

「A！　のポーズではなにもわからなかったと思いますけど、お兄ちゃんは今まで自分の身体の中になにかを感じたことはありませんか？」

「なかなかしつこいね……。うーん？　身体の中になにかって言われても、特に感じたことはないな」

「本当にそうですか？　前世の身体を比べて、なにか違和感がありませんか？　目を瞑って自分の身体の中を隅々まで感じ取ってください。感覚を研ぎ澄ませていくと、身体の中に前世とは違うなにかが見つかるはずです」

「そんなのあったかな……。まぁとりあえずやってみるよ」

ニコラの言うとおりに目を瞑り、自分の中の違和感を探してみる。真っ暗な視界、肌に触れる風、風に揺れた木々の乾いた葉の音、空き地に生えている草の匂い、飲み込んだ唾は自分の中では無味だ。ほかには――

「――あっ」

なにかがあった。血液のように当たり前に巡っていて感じることのできないものとは違う、身体の中にあるなにかが……身体全体をぐるぐると循環しているのを感じた。えぇぇ、なにこれぇ……。

「見つけたようですね。それが魔力です。魔法の源となります」

「そっか、これが魔力……」

「でもそのままでは使えません。お兄ちゃんの意思で魔力に属性を付与し、マナとして外に顕現させることで魔法となるのです」

「属性を付与してマナにする……」

「属性は先程説明した七種類。これは人によって使えるものもあれば使えないものもあります。うちのママやパパは火属性が使えますね。これは一種類使えるだけでも大したものなんですよ？　さすが私たちのママとパパです。大半の人間はなんとか魔道具を使えるくらいしか魔法は扱えませんからね」

魔道具とは、魔力を燃料にする家電みたいなもので、魔力を注げば誰にでも設計したとおりに使える便利なものだ。魔道具に組み込まれている魔石とやらのお陰で、普通に魔法を使うよりもかなりの省エネらしい。うちの両親も普段は魔道具のコンロで料理を作っている。

「魔力を感じることができたところで、さっそく魔法で砂を出してみましょうか。手を前に突き出して、手のひらから砂を出すのをイメージしてください」

「んん、砂、砂、砂砂……」

「ここは魔法のある世界です。手から砂を出すのなんて普通、できて当たり前だと思いましょう。イメージがなによりも大事なんです」

「できて当たり前、手から砂が出て当たり前……」

俺は目を瞑り、手のひらから砂が出るのをひたすらイメージする。すると俺の中から魔力が引き出され、手から放出されたのを感じた。俺は目を開いて自分の手のひらを見る。

「おおっ、砂が出てる！　砂が出てるよ！」

なんと手のひらから、さらさらと砂が流れ落ちていた。そういえば前世のテレビ番組で、手から灰を取り出すアフロヘアーのおじさんを見たことがあったな。まるでアレみたいだ。そしてはしゃいで精神が乱れた影響なのか、さらさらと流れていた砂はすぐに止まってしまった。

「できましたね。その感覚を忘れないでください。何度も繰り返していくと、魔力が引き出された時に土属性のマナに変換された感覚もわかってくると思います。その感覚はほかの属性でも応用が利くと思いますので、何度も繰り返して身体に覚えさせてください。そうやって魔法をどんどん使って魔力を使えば、魔力の器はどんどん鍛えられていくはずです」

「おお。なるほど……。とにかく今のを何度も繰り返せばいいのかな」

「そうですね。今は長く砂を出し続けるよりも、短く何度も出して感覚を身体に染み込ませた方がいいでしょう。反復練習は大事です。ワンモワセッ！」

「オーケー、ニコラ隊長。ようし、それじゃあ頑張ってみるか！」

俄然《がぜん》やる気の出た俺は勢いよくその場に座り込むと、そのまま手のひらから砂を出し続けることにした。


練習開始から十分ほど経過しただろうか。俺の横にしゃがみ込んでいたニコラがダルそうな声を漏《も》らした。

「んあー、ヒマです。練習ってやってる方はともかく見てる方ってヒマでヒマでしょうがないですね。ねえねえお兄ちゃん、粋な小話のひとつでも披露してくださいよ」

「ないよ、そんなもん。ヒマならお前も魔法の練習すればいいんじゃないの？　っていうかしないの？」

「え？　私ですか？　私は努力したり働いたら負けだと思ってますし、なによりお兄ちゃんが私を養ってくれるのでは？」

ニコラがキョトンとした顔で俺を見つめる。

「……なあ、前から聞きたかったけど、どうして俺がお前を養うなんて話になってるんだ？」

「ええ？　だって私は働きたくないですもん。そうなるともうお兄ちゃんに養ってもらうしか選択肢はありませんよね？」

え？　マジでこいつなに言ってるの？

「養うってなんで？　俺が一生お前と一緒に暮らして面倒を見るっていうことだよね？　なに？お前、俺のことが好きなの？」

「え？　なんでそんな話になるんですか？　私は私で好き勝手に生きるので、お兄ちゃんはただ経済面で養ってくれればいいというだけの話ですよ。簡単な話でしょう？」

一足す一の足し算がわからない子を諭すような顔でニコラが俺を見つめる。やだ、こいつ頭おかしいの？　それとも意味がわからない俺がおかしいの？

――ビュオッ！

俺がニコラの発言に戦慄を覚えていると、急に向かい風が吹いて俺の顔に砂がひっかかった。

「うわっ！　ペッペッ！」

口に入った砂を吐き出しつつ上着で顔を拭う。

「……はあ、その件については今はもういいや。それより今は魔法だよ」

こいつも前は天使だったわけだし、まだ世間一般の常識がわからないのかもしれない。そのうち理解してくれることに期待しよう。

「そうですね。なにより魔法を覚えて一旗あげないことにはお金も稼げないですし」

「……そうだね。とりあえず今のままだと風で砂が飛び散るし、アイテムボックスを使うよ」

俺がアイテムボックスの発動を念じると、目の前に鈍色の空間が開いた。

アイテムボックス——自分の意のままに収納と取り出しができる亜空間だ。ギフトとして最初から使えるのがわかっていたからなのか、これは生まれてすぐに使うことができた。なお生まれて最初に収納したのは俺のうんちつきのおしめである。

赤ちゃん時代、我慢しようにもうんちが漏れてしまったのがあまりに気持ちが悪かったので、うんちをおしめごと収納してしまったのだ。いきなりフルチンになった俺を見て両親が大騒ぎ、さらには我が子がアイテムボックス持ちとして生まれたことに大騒ぎしたのは言うまでもない。その後うんちで気持ち悪いときは泣けばいいという、赤ちゃんの当たり前の常識にようやく気がついたのであった。

そんなお騒がせなエピソードがあったりもしたけれど、とにかくアイテムボックスは便利なものである。ゴミ箱代わりに使えるので、使わない日はないくらいに使い倒している。今となっては操作はお手のものだ。俺はさっそく手のひらから出ている砂をアイテムボックスに直接収納することにした。

そのまま三十分ほど練習を続けていただろうか、目の前が白くなり頭がボンヤリとしてきた。おそらくこれが魔力切れの症状なのだろう。決して眠くなってきた訳ではないのだ。

すぐに砂の放出を中止して、アイテムボックスに入れていた砂をすべて外に出してみると、三十センチくらいの砂山ができた。うーん、これを毎日繰り返していけば、魔力の器の拡張訓練になるのかな?

ニコラの言っていたことを信じるならば、きっとそういうことなのだと思う。とりあえずここを魔法の練習場としてこれから毎日通うことにしよう。

◇◇◇

魔力の器の拡張訓練を始めて今日で一週間となる。少しずつだが魔力量は増えているらしい。というのは、初日に端っこに作った砂の山から順番に、翌日はその隣に、さらに翌日は隣……と砂の山を並べているので、視覚で成果を確認できるのだ。

ちなみに初日は土魔法で精一杯だったのだが、翌日からは簡単に砂山が崩れないように帰る前に水魔法で濡らしている。水魔法は砂を出した時に比べて最初は手こずったけれど、一度コツを覚えた後は容易《たやす》くできるようになった。その水で濡らして成形した砂山が、一日ごとに高くなって横に並んでいくんだから、成長を実感できてとても気分がいい。

「お兄ちゃんの魔力量は順調に増えていってるようですね。今後はこれに並行してさらにほかの属性の訓練なんかもしていくといいかもしれません」

今日もニコラが練習の付き添いに空き地に来ていた。俺としても無言で砂を出し続けているのは精神的にキツいので、話し相手がいるのはありがたい。

「ほかの属性ねえ……。水属性は砂山を固めるのに使ってるけど、火属性は危ないからとりあえずパスだな」

魔法の練習で火災を起こして損害賠償で家族崩壊とかシャレにならん。

「それもそうですね。火属性はあくまでイメトレくらいに抑えて、ほかの四大属性、土と風と水。土属性は一番練習してますし、水属性と風属性をもっと練習してみたらどうですか？」

「そうだなあー。風は見た目がわかりにくくてイメージしにくいんだよな。とりあえず水属性をもう少し練習してみるかな――」

なんてことをぼんやり話していると、

「くぉらー！　ワシの土地でイタズラをしとったのはキサマらかーーーーーー！」

前言撤回。どうやら異世界にもカミナリ親父は存在していたようです。

第八話　カミナリ親父

カミナリ親父（仮）は俺の前まで肩を怒らせながらやってきた。少し白髪が見えるようだが、がっしりした体つきのいかつい親父だ。ニコラはまるで最初からそこにいたように俺の背後に移動している。

『いつでも嘘泣きでうやむやにできる自信があります。いざというときは任せてください』

との念話が届く。なかなかの心強い言葉だ。埒《らち》が明かないようなら任せてみよう。しかしまずは対話である。

「おい！　キサマらがこのいたずらをしとったのか⁉」

ひえっ、カミナリ親父の怒りの圧力が、かよわい五歳児に向けるものとは思えない。いやバイオレンス・アンド・フリーダムな異世界だとこんなもんなのだろうか。

「ぼ、僕がやりました。今日はたまたま妹がいただけで……。ごめんなさい！」

腰を九十度に曲げて謝罪の意を示す。これでダメなら土下座も辞さない。それにしても今俺の目の前には足元しか見えないのだが、怒っているカミナリ親父が目視できなくなるのはすげー怖いな！　これでいきなり異世界さながらの殺伐モードで頭をガチ殴りされたら、五歳児ならどうなるかわかんないぞオイ！

とりあえず頭を下げて様子を見るが、相手からはなんの反応もない。

そこでチラっとカミナリ親父の顔を伺うと、プルプル震えながら動揺した顔で俺のケツを見ている。正確には後ろにいるニコラを見ていたわけだが。

首を曲げ背後のニコラを見ると、両手をにぎり口元に当てて目をウルウルとさせていた。嘘泣きの発動早いな！

「ごめんなしゃい……」

「あ、いやお嬢ちゃん、ワ、ワシは、その……、最近いつの間にか砂の山ができていて、しかも毎日増えるものだから、やだなーこわいなーおかしいなーと思ってだな……」

「(ウルウル……)」

「あっ、ちょっ、待っとれ！　今から菓子を持ってきてやるからな！　なっ！」

そう言い残すとカミナリ親父は慌てて広場から走り去っていった。

「フン、チョロいですね」

ファサッと髪の毛をかき上げながらニコラが言った。俺はカミナリ親父よりお前の方が怖くなってきたよ。

◇◇◇

「すると坊主はここで魔法の練習をしとったのか」

「うん。土魔法の練習なんだ。おじさんに迷惑をかけてごめんなさい」

俺は小麦粉の生地を平たく焼いてそこにリンゴを挟んだ、アップルパイでもないリンゴのクレープでもない謎のお菓子を食べながら、もう一度謝った。初めて食べたけどわりとイケるな。

「まあワシへの嫌がらせでないのなら構わんわ！　それよりその土がいらないのならワシにくれんか？」

「それはいいけど、なにに使うの？」

「魔法で作った土は普通の土よりも植物がよく育つからな。ここを空き地のまま放置するのももったいないし、端の方に家庭菜園みたいなもんでも作ろうかと思っておったところでな」

「へー、そうなんだ、初めて知ったよ。そういうことなら今日の分も出すね」

俺はアイテムボックスから今日の練習分の砂も出してみた。こんもりとした山ができる。

「なんだ坊主、アイテムボックス持ちなのか」

「そうだよ「お兄ちゃんのはちょっとしか入らないしょぼいヤツなのー！」」

ニコラが俺にかぶせるように答えた。

『自慢しようと思ってませんでしたか？　お兄ちゃんのアイテムボックスは魔力量次第で容量が拡大していくタイプです。持たざる者からすると、とんでもないお宝ですよ。自衛ができないうちはあまり見せびらかさないほうがいいでしょう』

おっとそういうものなのか。うかつだった。というか、今までもそれとなく使っていたのにニコラから注意されたのは初めてだな。

『言うのをうっかり忘れてました』

あれ？　脳内で会話ができるだけで、もう頭の中は読めないよね？　まるで読んでいるかのような返答はやめてね？

「がはは！　そうかしょぼいヤツか！　それでもあまり知らない人には見せびらかすなよ？　そういうことをしていると、人さらいにさらわれるからな！」

両手を熊が襲いかかってくるように広げて驚かしながら、おっさんも同じ注意をしてくれた。どうやらいいおっさんのようだ。

それからしばらくの間、おっさんは俺が砂を作り出すところを見学していた。おっさんは今後も俺にこの空き地を使わせてくれるらしい。出入り禁止になろうものなら、ひたすら家で砂をアイテムボックスに詰める作業をするという、精神的にキツそうな練習になりそうだったのでありがたい。家の中でも外でも、やることはあんまり変わらない気がしないでもないけど、家にずっと閉じこもっていると両親が心配しそうだし、砂がこぼれた時に部屋の掃除が面倒だしね。

ふいにおっさんが口を開いた。

「なあ坊主よ。お前はこれからもここで練習するんだろう？　どうせ土魔法の練習をするなら、魔法で畑を作ってみんか？」

魔法で畑か。こちらは魔力を消費すればそれだけで練習になるので、どうせなら課題がある方がありがたいかもしれない。

「まだ練習を始めたばかりだし、そんなに早く作れないけどいいの？」

「かまわんかまわん。ワシなんかは魔道具を動かすくらいにしか魔法は扱えんし、坊主の歳でそれだけやれるなら立派な方だろうよ。それに最近は少しずつ息子に店を任せるようになってな。ふと、この土地を余らせているのを思い出して、散歩がてらにこの辺をうろついていたくらいにはヒマだから急ぎはせんわ。とりあえず土魔法で地面を掘り起こしてくれるか？」

「うん」

俺は地面に手を付けてイメージを伝える。すぐに土がモコモコと沸き立つような起き上がるような不思議な気配を感じた。土属性のマナの放出を止めて土を触ってみると、掘り起こしたように柔らかかった。

おっさんは感心したように目を細める。

「ほう、どうやらうまくいったみたいだな。無理しない程度で頼むぞ。明日も来るなら菓子を持ってきてやろう」

そう言っておっさんは帰っていった。食事は家で毎日食べさせてもらっているが、それでもおやつは別腹である。報酬が無くても問題ないけれど、貰《もら》えるものは貰っておこう。

世話になるなら両親にも伝えておいたほうがよさそうだが、そういえばおっさんの名前を聞くのを忘れていたな。明日にでも教えてもらおう。

第九話　ギル

翌日もやってきたおっさんはギルと名乗った。この町で雑貨屋や古本屋など、いくつかの店舗を経営しているらしい。ちなみに宿屋はやっていないとか。

土地を余らせる程度に資産家のギルは、ご近所ではそこそこ知られているらしく、お世話になっているなら今度ご挨拶《あいさつ》に行かなきゃねと母さんが言っていた。

それから数日が経ち、俺は今日も畑作りである。魔法で砂を作ったり土を掘ったりするのはいい訓練になっていると思う。ニコラもアドバイザー兼お菓子受け取り係として同伴している。お菓子が貰えるとはいえ、ヒマじゃないのかなあと思うのだが……。

「なあ、お前は本当に魔法の練習をしないの？」

するとニコラは以前と同じくキョトンとした顔をして、

「またその話ですか？　私の第一目標はお兄ちゃんに寄生することで、もし仮にお兄ちゃんが稼げない穀潰《ごくつぶ》しになるようなら、実家の家事手伝いでパパママに寄生するつもりですから」

「ええっ、なにそれ……。母さんには『ニコラはね、お姫さまになりたい！』とか言ってるくせに。

……そういやウチの宿屋って、やっぱり継がなきゃいけないのかな？　別に絶対に継ぎたくないというわけでもないけど、せっかくだから今はまだいろいろとやってみたいと思うんだよね」

「まあパパもママもまだまだ若いですし、なんでしたら冒険者にでもなって膝に矢を受けてからでも、家業を継ぐのは間に合うんじゃないですか？」

「リタイア前提かよ。まあ父さんも母さんもまだまだ弟か妹ができそうなくらいには若いし、今のうちからそこまで考えなくてもいいか」

ちなみに今は五歳にして俺とニコラは子供部屋で寝ている。以前は両親と同じ部屋で寝ていたのだが、まだ若い両親なのでまぁそのいろいろとある訳でね。

そこで子供部屋が欲しいと俺が駄々をこね、ニコラが甘えておねだりするという共同戦線を張り、なんとか子供部屋の使用許可を勝ち取ったのだ。

そんな話をしながらしばらく魔法の訓練をしていると、ギルが空き地にやってきた。

「お、坊主ども頑張ってるな。ほら嬢ちゃん、菓子だぞ～」

「ギルおじちゃん、いつもありがとう！」

ニコラがいつものスマイルでギルからおやつを貰う。その時のギルの顔はデレッデレだ。これはニコラを餌付けしているように見えて、実際は逆にギルが貢がされているのである。

「畑もだいぶ出来上がってきたようだな。そろそろなにを植えるか考えるか……。お、そういえば昨日、坊主んとこの母親がわざわざウチの店まで挨拶にきたぞ。坊主たちは『旅路のやすらぎ亭』のところの子供だったんだな。ワシは泊まったことはないが、ウチの客からたまに聞く話によるとメシがうまくて部屋も清潔、なかなか評判の宿屋らしいな」

ウチってそういう評価だったんだ。立地条件でそこそこ繁盛していると思ってはいたが、それだけじゃなかったんだな。こういう話を聞くと、誇らしいし父さんの代で終わらせるのは忍びないとは思うけど、後継者問題はとりあえず先送りにしよう。

「よくわからないけどお客さんは結構入ってるよ。それでギルおじさん、なにを植えてみるの？」

「ん、そうだな……せっかく坊主が作る畑だ。もちろんお前にも分け前はやるし、どうせなら坊主の宿で使えるような野菜がいいな。……ふむ、それじゃあトマトでも作ってみるか？」

「うげっ、トマトー!?」

俺は思わず不満げに声を上げた。俺は前世からトマトが嫌いなのだ。あの青臭さ、かじった時にムニュっとはみ出る中身のグロさ、そのくせリコピンリコピンとテレビの健康番組でしつこくアピールしてくる、あの悪魔の野菜が大嫌いだ。

「がはは！　ガキはトマト嫌いが多いからな！　だが坊主が魔法で耕した畑だとどうだろうな？　おそらく普段食べてるものとは違った味になると思うぞ」

「えー。本当に？」

「魔法で耕した畑から採れる野菜は、手間がかかってる分、値段が高いからな。普通の宿屋では使ったりはしないもんだから坊主も食ったことがないだろうよ。一度食ってみれば違いがわかるぞ」

正直信じられないけど、なんと言っても魔法のある世界だからな。ギルがそこまで言うのなら、つべこべ言わずに実際食ってみるのも悪くないだろう。

「それじゃあ明日は種と道具をウチの店から持ってくるか。とりあえず畑の大きさは今くらいで十分だから、今日は坊主も適当に練習を切り上げて帰りな」

「うん、そうする。それでトマトって、植えてからどれくらいでできるの？」

「この畑なら一週間前後じゃないか？」

マジすか、早すぎない？　早くも魔法パワーのすごさの片鱗《へんりん》を感じたわ。

そうしてギルは帰っていった。さて俺も練習を切り上げて今日貰ったおやつでも食うか。……ってニコラ、ニコラさん？　俺の分のおやつはどこに消えたの？

第十話　魔法トマト

そして種を植えてから一週間後、本当にトマトが収穫の時期を迎えた。魔法ってすごいな。ちなみにトマトを育てている間は隣に同じような畑をもうひとつ作り、そっちで魔法の練習をしていた。

「さあ坊主、食ってみな」

ギルが真っ赤でつややかなトマトをもぎ取り、俺に手渡す。

――フン、どうやら見た目は合格のようだな。だが俺を採れたて新鮮野菜ならなんでも口に入れた瞬間「ウマーイ！」と絶叫するお笑い芸人と同じだと思うなよ！　俺の採点は甘くはないからな。

それじゃあさっそくバクリと頂くぜ！

「ウマーーーーイ！」

「お、おう、そうか坊主」

ギルは若干引き気味だが、俺はそれどころじゃない。これはうまい！　今まで食っていたトマトとは一線を画してますわ！

これが本物のトマトと言うのなら、俺が今まで食べていたのは赤い水風船かゴム鞠《まり》だったんじゃないだろうか。なんて言うのはさすがに言いすぎか？　とにかくこの魔法トマトはウマーイ！

横を見ればニコラも目を見開いて魔法トマトにかじりついている。食べ物に貪欲な食いしんぼキャラだとは薄々勘付いてはいたが、それでもこんな顔をして食べるのは初めて見たな。

『……お兄ちゃん』

『なんだ妹よ』

『魔法野菜作りに生涯を捧げてみませんか？』

可能性が無限に広がる五歳児に言うには、生涯を捧げるという言葉は重すぎやしませんかね。まあでも高く売れて楽に生活できるならアリなのか……？

「ギルおじさん、魔法の畑で作ったトマトって、普通のトマトの何倍くらいの値段で売られているの？」

「ん、そうだな……、三倍前後ってところか？　貴族向けに卸している手間暇のかかったブランド野菜なら十倍を超える値段が付いているぞ」

さすがに本職農家は格が違った。とはいえ三倍程度じゃ小遣い稼ぎはともかく、楽して生活するのは無理だな。

今以上の値段にするにはさらに手間暇がかかるらしいし、お気軽に作れるのはこの辺が限界なんだろう。いや、量を増やせばなんとか……。ええい、止め止め！　とりあえず将来の可能性のひとつに留めておこう。

「なんだ、坊主は農家になりたくなったのか？　アレはアレでいろいろ苦労もあるんだがな……。まあ若いうちはいろいろ考えてみるといいさ。それよりほら、美人の母ちゃんに持って帰ってやりな」

俺がいろいろと考えている間にもいでくれたらしい。ギルは樹皮で出来たざる一杯に入った魔法トマトを俺に差し出した。

「ありがとう、ギルおじさん！」

種の提供や他の細々したところでギルに手伝ってもらったので、俺が一人で作ったというわけではないが、それでも俺がこの世界に来て初めて育てた野菜だ。それを両親に食べてもらえるというのは、想像しただけでも自然と笑みが零《こぼ》れてしまうほどに嬉しかった。

ざるに入った魔法トマトを抱えてニコラと共に家へと戻った。夕食にはまだ早い時間帯だったので、宿屋の食堂スペースはまだ閑散としている。

◇◇◇

「ただいまー」

宿の入り口から食堂に入ると、母さんがテーブルを拭いていた手を止めて出迎えてくれた。

「マルク、ニコラおかえりなさい～。あら？　それは……？」

「前に言っていた魔法トマトだよ。今日収穫できたんだ。母さんにあげるね！」

「あらあら、まあまあまあ！　すごく美味しそうだわ！　マルクもニコラもがんばったのね、二人ともえらいわね～」

母さんが俺とニコラを順番にギュッと抱きしめる。前世では考えられなかったスキンシップなので少し照れくさいが、それでも褒めてくれるのはやっぱり嬉しいものだね。

俺とニコラ（一応ニコラも暇つぶし程度には手伝っていた）が作った魔法トマトは両親に好評だった。まずは生で食べてもらったんだが、厨房で食事の仕込みをしていた父さんも一口食べて目を丸くして驚き、それから俺たちの頭を撫《な》でてくれた。

たしかに味はいいのだけれど、なによりも俺たちが初めて作った野菜だということを喜んでくれているようだった。きっとこれが不味いトマトであっても同じように喜んでくれただろうと思う。

その日の夕食は急遽《きゅうきょ》献立を変更し、魔法トマトを贅沢に使ったパスタやサラダ、スープがテーブルに並んだ。どれもとても美味しく、とても楽しかった。

そして翌日は「私も負けてられないわ」と、創作料理を振る舞おうとする母さんを止めるのに全力を尽くすことになったのだった。

第十一話　アイテムボックス

魔法トマトの初収穫から二週間ほどが過ぎた。ギルはしばらく店舗経営が忙しい時期に入るそうで、畑は好きに使っていいと言い残しトマトの種を大量に渡してからは、あまり空き地には来なくなっていた。ギルのおやつタイムが無くなり、ニコラのテンションはやや下がっている。

そしていかついおっさんが来なくなったせいか、今度は近所の子供もちらほらと見かけるようになってきた。とは言っても、空き地には入らず遠くからたまに見られているだけなんだけどね。

いかついおっさんの子分かなにかだと思われているのだろうか、それとも一緒に遊びたいとか？

童心に返って「ねえねえ、一緒に遊ぼ！」と声をかけてみるのも子供らしくて良いのかもしれないけれど、俺の精神年齢は前世と合わせると十分におっさんだしな。遊びに付き合うならともかく、自分から声をかけて一緒に遊ぶというのはかなりハードルが高いので、気づいていない振りをした。

すまんな、見知らぬ子供たちよ……。

そんなことを考えながら、俺は砂を出したり土を掘ったり水を撒《ま》いたりをひたすら魔法で繰り返す。その影響だろうか、以前のように砂山を並べて見比べたりするまでもなく、多少は魔力の器の成長を実感できるようになっていた。そこでふとした疑問をニコラにぶつけてみた。

「なあニコラ、俺のアイテムボックスって魔力の器に応じて広がるんだろ？　それって普通なの？」

ニコラは家から持ってきたくるみ入りのパンを食べながら答える。

『いえ、最初から容量が固定されているのがほとんどですね。お兄ちゃんのはレアな部類ですよ。容量の小さい人で手提げ鞄くらい、大きい人で一トントラックくらいの大きさだと思います』

いや、食ってるのはわかるけど、誰もいないんだし、ズボラしないでなるべく声に出そうね？

「（ゴクン）まあいいじゃないですか。脳内に妹のかわいいお声が響くのってご褒美ですよ」

「まーた考えを読まれた気がする。お前、本当に心を読んでないんだよね？」

「お兄ちゃんって考えてることが顔に出てわかりやすいですからね。それでお兄ちゃんのアイテムボックスは、今はどれくらい入るんですか？」

「限界まで入れたことがないからわからないな。そもそもゴミ箱代わりにするか、砂くらいしか入れたことなかったし。一度どれくらい入るか試してみたいとも思うけど、なにかいい方法がないもんかな」

「そうですねー。水でも吸い込めばわかりやすいと思いますけど、用水路は人目に付くので厳しいでしょうし、川は町の外にあるので私たちで外に行くことは今はまだ無理でしょうね。門番さんにも止められると思います」

ここは剣と魔法のファンタジー世界なので、もちろん魔物が存在している。町の外に広がる森にはゴブリンなんかが生息しているそうだ。

とはいえ、この町は見回りが徹底しているし周囲も見晴らしがいいので、魔物が町の中まで入ってくることはめったに無いらしい。俺もいまだに見たことはない。

「外に行かなきゃ無理かー。水を汲みに行くためだけに町の外に行きたいとは思わないしなあ。それならいつか町の外に出られるような歳になるまで地道に魔力トレーニングしてるよ。そこまでアイテムボックスの容量の限界に興味があるわけでもないしな」

せっかく町で安全対策を施し、平和に暮らさせてもらっているのだから、自ら危険に飛び込んでまでやることではないだろう。中身は子供じゃないんだし、勇敢と無謀を履き違えたりはしないのだ。

「うわあ、ガチの安定志向ですね。そこにしびれるあこがれるゥー」

そこで発破をかけないあたり、ニコラも同じように考えているのだろう。しかし魔力の器も多少は増え、そこそこ魔法をコントロールできるようになってきたからか、練習も少し飽きてきたというのも否めない。

今は魔法トマトの畑は小さめのを二つ、片方にトマトの種を蒔《ま》き、もう片方を魔法で耕して土属性のマナを畑に再注入して交互に育てているのだが、魔法のコントロールに慣れてきた結果、以前よりも耕すスピードが早くなったので無駄に同じところを耕す時間が増えてきた。もっと別の方法で魔力を消費してみたいところだ。

「ニコラー、土魔法って、砂を出したり土を柔らかくする以外にどんなことができるの？」

とりあえずとっかかりは得意な土魔法から始めよう。

「そうですね、土を固くしたり、石礫《いしつぶて》を飛ばしたり、壁を作り出したりとか。そういう感じですかね。石像なんかを作る職人もいるみたいですよ」

「石像か。複雑なものはイメージが大変そうだな。とりあえず壁を作れるかやってみよう」

俺は手を前に伸ばしながら精神を集中させてみる。砂をもっと集めて固めて、さらに集めて固めるイメージで――

――ドスッ！

手のひらの前にマンホールくらいの大きさの平べったい土の塊が出現し、柔らかい畑に突き刺さった。あぶなっ、下手すりゃ足に直撃していたな。壁を作るつもりだったのに、どうやら手のひらから土の板がこぼれ落ちただけの結果になってしまったようだ。

「すべてを一から作るのもいいですけど、せっかく下にも土があるんですから、そちらからもアプローチをしてみたほうがいろいろと楽かもしれませんよ」

ニコラが突き刺さったマンホールを指でつんつん突きながら助言をくれた。

なるほど、言われてみればそうだな。それじゃあ下の土から引っ張るような、それでいてこちらからも吐き出すようなイメージでやってみよう。

すると今度は横十センチ幅五センチ、高さは俺が突き出した手のひらの高さまである土壁が作れた。さっきよりは楽だったな。しかし今度のは突いてみると簡単にボロボロと崩れた。

「土属性のマナを注入することでどんどん固くすることができると思います。後は訓練次第ってことですね」

「いつか鋼のなんとか術師みたいに瞬時に壁を作ってみたいもんだな」

「そうですね、訓練次第では……がんばろうね、お兄ちゃん！」

急に猫かぶりモードになったニコラを訝《いぶか》しんでいると、後ろから声をかけられた。

「ねえねえー、この畑ってあんたたちが作ってるの？」

俺より二つか三つ歳上だろうか。赤毛をポニーテールにしたお姉さん（肉体年齢比）が俺たちを見てにっこりと微笑んだ。

第十二話　デリカ

「そうだよ。お姉さんは誰？」

「あたしはデリカ。この近所に住んでるんだけど、弟から最近この空き地で変わったことをやってる子がいるって聞いてね、一度見に来たのよ。ほら、挨拶しなさい」

と、デリカの背中から弟らしい子供がひょっこり顔を出した。あっ、この子はたまに空き地を見に来ていた子だな。

「……僕、ユーリ」

気弱そうな弟くんがぼそりと言った。俺と同い年くらいだろうか。

「こんにちは。僕はマルクで、こっちが双子の妹のニコラだよ」

俺の横でニコラがペコリとお辞儀をした。とりあえず様子見モードのようだ。

「フーン、双子というわりにはそれほど似てないのね？」

そうなのだ。美人の母さんとイケメンの父さんから生まれただけあって、それなりには整った容姿をしているんじゃないかと自画自賛している俺なんだが、ニコラの容姿はそこからさらに飛び抜けているのだ。まあ双子でも二卵性ならそれほど似ないらしいから特に変には思われてはいないけど、ニコラと双子だと伝えると、あんまり似てないってよく言われるんだよね。

「まあそうだね。それでなにか用なの？」

「用事はそのまま。弟が言ってるのが気になっちゃって見に来ただけよ。……ふぅん、野菜を作ってるのね。この空き地の持ち主の子なの？」

「ううん。ここはギルっておじさんの土地だよ。おじさんに許可を貰って魔法の練習で畑を作ってるんだ」

魔法の練習は別に隠すことではない。冒険者にあこがれてチャンバラや素振りをする子供となにも変わらないからだ。

「へぇー魔法畑は聞いたことあるけど、二人でやるなんてすごいわね！　あたしは魔法畑って、たくさんの魔法の使える大人が集まって畑を耕すんだって聞いたわよ」

例の貴族向けの高級魔法野菜のことかな？　やっぱり広い畑になるとそれだけ人数が必要になっ

てくるのだろうか。ちなみにこの畑は二人じゃなくてほぼ一人です。ニコラは暇で暇で仕方がないときにちょっと土をいじってるくらいなので。

「小さい畑だし、そんなにすごくもないよ。でも魔法トマトは美味しいよ、ひとつ食べてみる？」

「食べたい食べたい！」

デリカは満面の笑みを浮かべて答える。俺は畑に向かうと今日収穫できそうな魔法トマトを二個手に取って、デリカとユーリに一個ずつ差し出した。

「ありがとう！　……ふわぁ、おいしーい！」

そうだろう、そうだろうとも。俺の自慢の一品をたーんと召し上がるがいい。美味しそうに魔法トマトをほおばるデリカの横で、ユーリもコクコク頷きながら一心不乱に食べている。これでこの姉弟は俺の魔法トマトの虜《とりこ》になったに違いない。……父さんもこうやって母さんを餌付けしたんだろうか。いや俺はロリはＮＧですけどね。

◇◇◇

しばらくしてデリカは魔法トマトを食べ終わった。そして満足そうな顔を浮かべ、指先に付いた汁をペロッと舐めると、突然胸を張り大声で言い放つ。

「集合ーーーー！」

するとどこに隠れていたんだろうか。周囲から俺と同年代からデリカくらいの年頃の男女数人が現れ、俺とニコラを取り囲んだ。デリカはそのまま胸を張りつつ宣言する。

「この空き地は今からあたしたち『月夜のウルフ団』が占拠するわ！　マルクとニコラはあたしの子分にしてあげるからありがたく思いなさい！」

どうやら異世界の空き地には、カミナリ親父がいるしガキ大将もいたようです。

第十三話　月夜のウルフ団

「お姉ちゃんたち、悪い人なの？」

ニコラが目を潤ませながらデリカたちに先制攻撃をする。

「ちっ、違うわよ！　あたしたちはこのファティアの町を守る正義の自警団なの！　だ、だから泣かないでよ、お願いだから！」

なるほど。どうやらそういう体《てい》で遊んでいる子供たちのグループのようだ。とりあえずいきなり接収された空き地について尋ねようか。

「ねえデリカお姉さん、この空き地をどうするの？」

「あたしのことは親分と呼びなさい！　この空き地はね、あたしたちの隠れ家にするの！」

親分（笑）。ニコラもプルプルして吹き出したいのを堪《こら》えている。いやまあ歳相応なんだろうけどね？　黒歴史を絶賛生産中の今が少し気の毒になってきますな。数年後、枕に顔を埋《うず》めて足をバタバタするがいい。

「でもここはギルっておじさんの土地だよ。勝手に隠れ家にしたら怒られちゃうよ？」

砂山のオブジェを作りまくっていたのを棚に上げて、一応説明してみる。

「そ、それはあんたがなんとかしなさい！　あたしたちは前の隠れ家を奪われて、今は流浪《るろう》の身なの！」

見事なまでの丸投げである。……それにしてもご近所の子供たちのグループか。ここで僕らは君たちとは遊ばないから、と切って捨てるのは簡単だろうけど、年相応に子供たちと遊ばないのも不自然だし、両親も心配するかもしれない。とりあえずもう少し話を聞いてみるか。

「デリカ親分（笑）と自警団は、普段どういうことしてるの？」

「なんだか微妙にイラっとする言い方ね……。あたしたちは町を巡回警備して、その後は隠れ家で仕事の疲れを癒やすのよ！」

つまり町中をうろついた後の休憩スペースが欲しいわけだ。その辺で座ればいいじゃないと思わなくもないけど、まあ隠れ家とかに憧れる年頃なんだろう。それくらいなら特に問題はないかもしれない。

「それじゃあ僕は畑の世話もあるし、隠れ家で留守番しているね。それでもいいならニコラと一緒に子分になるよ」

一応ニコラも巻き込んでおく。異論がないのか、特に念話は聞こえてこない。

「隠れ家の守りも重要よ！　マルクとニコラに隠れ家の防衛を任命するわ！」

デリカの宣言と共にワーッと周囲の子供たちも歓声を上げる。どうやら場を冷やすことなくうまく立ち回れたっぽいね。とりあえず今度ギルが来た時にでも、このことはしっかり報告をしておこう。

◇◇◇

その後デリカにここに来た詳しい経緯を聞いてみた。以前はここより少し離れた場所にある小屋を隠れ家にしていたが、取り壊されることになったようで新天地を探していたらしい。そしてデリカの弟のユーリがこの空き地を発見し、数回の斥候《せっこう》の後にデリカに報告したそうだ。

「月夜のウルフ団」はデリカとユーリのほかは男二名、女一名の合計五名。そこに俺たち兄妹が加わることになる。最年長はデリカで九歳、最年少は俺とニコラだそうだ。俺と同い年だと思ったユーリは一つ上らしい。

翌日に空き地にやってきたギルにデリカと共に事情を説明したところ、近所に迷惑をかけないこと、遅くとも夕方の鐘が鳴ったら絶対に家に帰ること、空き地の使い道が決まった時は立ち退くことをデリカに宣誓させ、空き地は無事に彼女たちの隠れ家となった。

ギルは苦笑いしながらもノリノリでデリカに宣誓させていたあたり、彼にも隠れ家とか秘密基地を作って遊んだ子供時代があったのかもしれない。

そういうことで「月夜のウルフ団」の一員となった俺とニコラだが、今日も今日とて畑いじり兼隠れ家の防衛である。ほかのメンバーは巡回とやらに出向いたので、今は俺とニコラしかいない。

「お兄ちゃん、ここが隠れ家になったことですし、土魔法でデリカたちのために隠れ家っぽい物なんかを作ってあげればどうですか？　いろいろな小道具を作ることは魔法の練習になると思います」

なるほど。それは名案かもしれない。マンホールっぽいものや細長い土壁を作るよりも、しっかりとなにを作るのか目標を決めて練習した方が身に付く気もする。

「それなら椅子やテーブルでも作ってみるかな。とりあえずデザインはともかく、座っても崩れない程度の固さのものを作るのを目標にしてみるよ。最終的には屋根のある建物が造れればいいんだけどな」

「あんまり大きい建物を造るとギルおじさんからクレームがくるかもしれないですし、ほどほどにしてくださいね」

「そうするよ。とりあえずテーブルを作ってみる」

以前作ったまま放置していたカチカチのマンホール状の土塊を水平に持ってみる。そしてマンホールの端の四箇所から土が伸びるイメージと地面から土が生えてくるイメージをとにかく練りに練ってみる。

すると地面とマンホールから生えてきた土塊が絡み合い、うまい具合にテーブルの脚になったようだ。後はさらに土属性のマナを練り込み、土の密度を高める。……よし、完成だ。

「ふむ、若干斜めになってますが、とりあえずテーブルっぽいなにかにはなったようですね。ただし地面とくっついてるので持ち運びはできないようですけど」

「あっ、そうか。その辺もしっかりイメージしていかないと駄目なんだな。まあ何度か練習していけばそのうち形になるような手応えはあるよ」

どうやら隠れ家作りは魔法のいい訓練になりそうだ。めんどくさがりのニコラがガキ大将グループの傘下に入るのに反対しなかったのは、この辺を見越していたのかもしれない。……いや、単に練習の見学が暇すぎただけかもしれないな。まぁどっちでもいいか。

「それじゃあとりあえず、次は私の椅子でも作ってもらえますか。お尻が汚れないようにしっかりとマナで固めてくださいね」

ちゃっかりしていると思うが特に異論もない。俺は言われるがままにニコラの椅子を作り始めた。

第十四話　お前のものは俺のもの

「月夜のウルフ団」に入団して一ヶ月ほど過ぎた。と言っても、空き地に籠もってひたすら土魔法の練習をしていたので、今までとそれほど変わらないかもしれない。その間に作ったものはこんなところだ。

まずは人数分の椅子と四、五人用の丸テーブルを三台。今度はしっかり持ち運べるようにした。

次に数人が座れるベンチ。ゆったりと座れる大きさなので、日差しの良い日にベンチで座っているとウトウトしてくる。

魔法の砂が余っていたので、囲いを作り砂を敷き詰めた砂場も作ってみた。前世では砂場は雑菌だらけとよく言われていたが、きっと魔法の砂ならそういったものとは無縁なはずだ。

造形の練習用に馬や犬の形をした像も作った。一応像の背中には座れるようになっている。今はまだ単純な像しか作れないけれど、腕を上げていつかはさっ○ろ雪まつりにあるような、複雑で立派な像を作りたいものだ。

練習といえば、いつかは建物造りに挑戦するために柱を作る練習も始めてみた。太い柱をまっすぐ上に伸ばすだけでもなかなかの集中力が必要で、今後も続けて練習していく必要がありそうだ。途中で失敗した柱はなんだか遺跡のように見えてカッコよかったので、オブジェとしてこのまま置いておくことにした。俺以外からは不評である。

そこで遊具として実用的な滑り台やシーソーを作った。シーソーは接地部分にクッション代わりのタイヤなんてもちろん無いので、足でしっかり踏ん張らないと尻が痛い。それでもウルフ団や近所のお子様に大人気だ。

……うん、ちょっとやりすぎたかもしれない。俺がいろんなものを作っていると次第にご近所の方々の注目を浴びるようになり、気がつけばこの空き地は近所の憩《いこ》いの場たる、いわゆる児童公園と化していたのであった。

そして今日もご近所の若奥様方が俺よりも小さい子供を連れて空き地にやってきている。……あっ、今日は初めて見かける若奥様がいるね。不安そうな顔で先輩奥様に声をかけているが……どうやら受け入れられたようだ、よかったよかった。公園デビューは見ているこっちもハラハラするねえ。

俺が新しいコミュニティの誕生を穏やかな気持ちで祝福していると、いつの間にか隣にデリカが立っていた。デリカはにこやかに談笑している若奥様方を見つめた後、こちらに振り返り俺に圧をかける。

「ねぇマルク～、ここは隠れ家なんだけど……？」

「あははは……。で、でもほら、自警団なんでしょ？　ご近所に親しまれてる地域密着型自警団もいいじゃない。すごいなーあこがれちゃうなー」

「う～～！」

デリカがプルプル震えながら唸《うな》る。やっぱりこの程度のおべっかではごまかせないらしい。とはいえ、集まっている人を追っ払うようなことはしない。少しヤンチャだが、デリカはいい子なのだ。

しかし俺の悪ノリでせっかくの隠れ家がまったく隠れなくなったのは、さすがに少し可哀想だ。なんとかご機嫌を取りたいところだが、なにかいい案は無いものか。

「ねえ親分。今日は魔法の訓練も終わったし、町の巡回についていってもいいかな？」

とりあえずなにが喜ばれるかリサーチの一環として巡回に付き合うことにした。ここからなにかヒントが得られるかもしれない。

「マルクが巡回に参加するのは初めてね！　それじゃあさっそく行くわよ！」

不満顔が一転、早くも上機嫌である。これで目標を達したような気がしないでもないけど、俺も町のことはさほど詳しくない。ここは巡回しながらいろいろと見学してみよう。ちなみにニコラは今頃は家でお気に入りのぬいぐるみでも抱きかかえながら、のんびりとしていることだろう。ギルが来る日と来ない日の傾向がわかってきたらしく、ギル《おやっ》の来ない日は自宅でダラダラしたいんだそうだ。

◇◇◇

　ということで、町の巡回に初めて参加した。

　今日の巡回メンバーは俺、デリカ、デリカの弟のユーリ、「月夜のウルフ団」団員でデリカの一歳下の少年ラングである。

　最近の巡回ルートは俺の宿屋から最寄りの門からスタートし、危険な猛獣や怪しい錬金術師の店を巡回しながら南広場の噴水がある所まで行き、そこで折り返して別ルートで隠れ家まで帰るんだそうだ。

　ちなみに危険な猛獣はちょっとお金持ちの家で飼われているよく吠える犬で、怪しい錬金術師はポーションを扱うただの道具屋であった。


　しばらく巡回という名のお散歩が続き、折り返し地点の南広場の噴水に到着した。ファティアの町は領都へと繋がる中継地点、宿場町の一つとしてそこそこ栄えてはいるが、それほど広くもない。とはいえ、子供の脚ではここまでくるだけでもそれなりに大変だった。魔法の練習ばかりしていないで、体力も鍛えなければいけないのかもしれないな。

「ここで待ってて！」

　デリカは声を上げるとウチの畑から持ってきた魔法トマトを一つ肩掛け鞄から取り出して、近くの串焼き屋台へと走っていった。そして魔法トマトと四本の串焼きを交換すると、屋台のおばさんに手を振りながら戻ってきた。

「はい、いつものやつ！　あたしのおごりよ！」

デリカが俺、ユーリ、ラングに一本ずつ手渡す。

俺の育てた魔法トマトなんだが、これはおごりになるのだろうか。お前のものは俺のもの状態である。まぁそれを言い出すと、そもそも土地も種もギルのもんなんだけど、ギルは細かいことは言わないので深く考えないことにしよう。

貰った肉の串焼きを見つめる。なんの肉かはわからないが、香ばしいタレの匂いに食欲が刺激された。まずは一口頂く。

「ウマーイ！」

結局のところ美味しいものを食べたら、これしか言えなくなるのだ。前世で見たお笑い芸人は正しかった。

「ふふ、そうでしょ！　あたしのおばさんは腕がいいんだ！」

デリカが誇らしげに無い胸を張った。そして串焼きを食べながら聞いたところによると、屋台のおばさんはデリカの叔母にあたるらしい。デリカから魔法トマトのことを聞いたおばさんが、デリカに物々交換を提案したのだそうだ。

値段的には魔法トマト一個と数本の串焼きだと串焼きの方が高い気がするけれど、この町には魔法トマトは売っていないみたいだし、なによりかわいい姪とその子分におやつをごちそうしたい、おばさんからの気持ちも含まれているのだろうと思った。

◇◇◇

串焼きを食べた後は行きとは違う道を通っての帰還である。途中で両手開きの扉が特徴的な大きめの建物が見えた。あれってもしかして……。

「あれは教会だよ。俺はあそこに住んでいるんだ」

俺が興味深く眺めているのに気づいたのか、ラング少年が教えてくれた。

ラングは孤児で、教会に併設されている孤児院で暮らしているのだそうだ。前世と比べて生き辛いこの世界では孤児はさほど珍しくもないらしく、ラングのほかにも今は十人ほどの孤児があそこで生活しているのだとか。

「お前も六歳になったら、週に一度の教会学校でここに来るんじゃないかな」

この世界には前世の日本のような小中の義務教育はない。とはいえまったくなにもないわけではなく、最低限の教育は教会学校で受けられるのだ。

家庭の事情もあるので行くか行かないかは自由だけれど、俺はこの世界の常識なんかを知るために行くことに決めていた。ちなみにニコラは行かないつもりだったようだが、「お兄ちゃんが行くんだから行きなさい」と母さんに言われてしぶしぶついてくることが決定している。

「そうだね、そのときはよろしくね」

「おう」と、ラングは笑みを浮かべながら答えた。茶色の短髪が似合うヤンチャっぽい外見なんだが、案外面倒見は良いのかもしれない。なんて思っていたんだけれど、教会からシスターらしきおばさんが出てくると、ラングの表情は一変した。

「これっ！　ラング！　今日はあなたが弟たちの世話をする日ですよ！」

「あっヤベッ、見つかった！　それじゃあな！」

ラングはこちらに手を振りながらシスターの元へと走る。どうやらラングは子守をサボっていたらしい。ま、まぁ遊びたい盛りだしね、ついついやっちゃったんだね。

「もうっ！　子守がある日は来たら駄目っていつも言ってるのに！」

デリカが腰に手をあてて、走っていくラングを睨む。そして俺たちはシスターに説教されているラングを尻目に教会から立ち去った。

第十五話　見回り後

結局のところ見回りについていっても、デリカのご機嫌を取るようなアイデアは浮かばなかった。というか魔法トマトと串焼きを交換して食べて空き地の恩恵を受けているみたいだし、別にそこまでしなくて良くね？　と考え方を改めた。

「月夜のウルフ団」の隠れ家兼、俺の魔法練習場兼、児童公園に戻ってくると、ニコラが土魔法で作られた椅子に座って待っていた。家でダラダラするのにも飽きたのだろう。まあテレビもゲームも漫画もないこの世界で家に籠もっていてもヒマだろうしな。

娯楽に乏しいこの世界で精神的には成熟しており童心に返って遊べないとなると、家の手伝いでもするか、ニコラみたいに食う以外はなるべく寝てるか、俺みたいにひたすら将来に備えてスキルアップを目指すくらいしかやることがないと思う。

「あっ、お兄ちゃんと親分とユーリ君、おかえりっ」

ニコラがエンジェルスマイルで俺たちを出迎える。エンジェルスマイルにやられた大人しいユーリは顔が真っ赤だ。ユーリ君、惚れちゃいけませんよ、アレの中身は食っちゃ寝のことしか考えていない残念な生き物だよ。

「ただいまニコラ。今日は見回りに参加してきたよ。それでね、串焼きをおごってもらったんだ」

エンジェルスマイルを浮かべたままニコラがピシッと固まる。

『えっ、なに、どういうことですか?』

すぐさま冷えた声の念話が飛んできた。

『デリカたちは魔法トマトを串焼きの屋台で交換して、巡回の時に食べていたらしいよ』

『私、明日から毎日巡回に参加します』

そうなるだろうと思った。それにしても、食うか寝るしか楽しみのなさそうな妹の将来が少し心配になってくるね。

◇◇◇

それからしばらく空き地で過ごしていると、ギルがやってきた。そして周辺を見渡し、新たな石像にチャレンジ中の俺を見て呆れ顔で言った。

「……すっかりご近所の憩いの場になっているが、これ、空き地に店を建てるから撤去するとか言い出したらワシが悪者にならんか？」

「あはは……。なにか建てる予定ができた時は、少しずつ作ったものを潰していって自然消滅させてみるね」

「今のところ予定は無いが、その時は頼むぞ……。それにしても五歳の坊主がここまでやるとは思わなかったな」

「ふふん、ギルおじさん。マルクは『月夜のウルフ団』で一番の魔法の使い手なんだからね！　このくらいはできて当然なのよ！」

団員で一番もなにも、俺とニコラ以外誰も使えないみたいだけどね。ちなみにデリカは、ニコラが魔法を使えることは知っているが「たしなむていどなの（ニコラ談）」というのを鵜呑みにしている。そもそも俺も、ヒマ潰しに畑を耕すの手伝える程度は魔法を使えるってことくらいしか知らないけどね。

「そうかそうか。まあ頑張って町の平和を守ってくれよ」

ギルは手に持っていた鞄から取り出したお菓子を俺たちに手渡し、代わりに熟した魔法トマトをいくつか詰め込むとさっさと帰っていった。今日はなにか用事があるのかもしれない。

今日のお菓子はクッキーである。生地にはちみつが練り込んであるらしく、ほんのりと甘くて良い香りがする。

「ねえマルク。そういえばギルおじさんってなんのお店やってるの？」

デリカがクッキーをかじりながら聞いてきた。

「雑貨屋とか古本屋とか言ってたよ。いつもお菓子を持ってきてくれるし、食料品なんかも扱っているのかもしれないね」

「ふーん、いろいろやってるんだ。もしかしたら巡回で見かけるお店のうちのどれかが、ギルおじさんの店かもしれないわね」

「今日巡回した時に見かけた古本屋に『ギルの古本屋』って看板が立ててあったから、もしかしたらあれがギルおじさんのお店かもしれないね」

「えっ、マルクってもう字が読めるの⁉　すごいわね！」

おっと、そういえば俺は異世界言語翻訳のギフトで文字を読むことができるが、五歳児ですらすら読めるのはおかしいのかもしれない。ごまかしておこう。

「ああ、うん。たまたま知ってる字だったんだ。でもまだ書くのは苦手だから、六歳になったら教会学校に行って勉強しないとね」

書くのが苦手なのは本当だ。さすがに神様に与えられたギフトとはいえ、そこまでは世話してくれなかったのだ。今の状態を例えるなら、漢字を読めても書けと言われると書けない感覚に似ていると思う。

「教会学校かー。あたしは勉強するよりも町を守るために体を鍛錬したいわ！　そしてこの町の衛兵になるか冒険者になるの！」

「ぼ、僕は勉強が好き……」

普段あまり自己主張をしないユーリが呟く。デリカが言うには、ユーリは教会学校の日はずっと教会の中で文字を覚えたり、計算の勉強をしているそうだ。それにしてもデリカの将来の夢は衛兵か冒険者なのか。お転婆だし、いかにもって感じだな。

「衛兵とか冒険者ってどうやってなるの？」

「衛兵は町長さんが募集した時に申し込んで、その時に行われる試験で採用されないとなれないんだって。冒険者は冒険者ギルドで登録すればすぐになれるわ！　でも特殊な事情がない限りは十歳までは登録できないみたい」

冒険者ギルドか。俺の家の宿屋にも冒険者が泊まることもあるので存在だけは知っているが、まだ建物を見たことはない。

「特殊な事情ってどんなの？」

「お家が貧しくて小さくても働かないと食べていけないとギルドで認定された子とか、ラングみたいに孤児院の子とかね。孤児院は寄付金だけで足りない分を、冒険者ギルドで仕事を斡旋《あっせん》してもらって生活費に充てているんだってラングが言っていたわ。この間なんてシスターと一緒に町の外へ薬草を採りに行ったってあたしに自慢していたのよ！」

デリカがプリプリと怒っている。活発な女の子だけあって町の外に憧れがあるんだろうな。冒険者になると外での仕事もいろいろとあるみたいだし。

「もしかして子供でも冒険者ギルドに登録していれば一人で外に出られるの？」

「うん。でも外は危ないから絶対に大人が付き添わないと駄目だって、シスターにきつく言われているみたい」

町からすると小さくとも冒険者なら自己責任ってことなんだろうけど、教会側でしっかりと注意しているようだ。それならよっぽどでもない限り事故も起きないだろう。

起きないよね？

第十六話　迷子フラグ

今日も空き地で魔法の練習だ。

そろそろ公園にありがちな屋根付きのテーブルとベンチでも作ってみようと思う。いわゆる東屋《あずまや》ってやつだ。

しかし東屋のすべてを土魔法で作るつもりはない。頑丈で崩れない屋根を作れるほどの自信がまだないからだ。中途半端に作った屋根がもしも崩れてきたらと思うと目も当てられない。そこで今回は屋根代わりに木の枝をたくさん拾って束ねたものを上に乗せて、それを土魔法で固定する予定だ。その程度でも日除けにはなるだろう。

骨組みとなる柱の方はもちろん土魔法で作る。こちらの方はここ最近の練習でかなりの自信があるのだ。……東屋を作ることで児童公園化がさらに加速するような気がするが、そこはもう気にしないことにした。

そんなことを考えていると、デリカが赤毛のポニーテールをフリフリしつつプリプリと怒りながらやってきた。

「あーーーったまきた！　昨日教会学校で、またラングに自慢されたわ！　シスターと一緒に薬草を採りに行ったら、遠くでゴブリンを見かけたんだって！」

おおう、聞いてはいたけど、やっぱりゴブリンはいるんだなあ。まぁラングも冒険に憧れるようなお年頃だし、そういうのを自慢しちゃうのは仕方ない。とはいえ、これはマズい傾向だよね。

「親分、だからといって、自分もこっそり町の外に行くとか言い出さないでよ？」

とりあえず先制攻撃だ。厄介事の種は早めに取り除くに限る。

「そんなの言うわけないでしょ！　正義の『月夜のウルフ団』は規律をしっかり守るの！」

やっぱりデリカはいい子だった。とりあえずの懸念は回避したようだ。

「それなら十歳になるまで我慢しておこうよ。別に外に出たからって偉くもなんともないよ？」

「親分としては子分に先を越されているのが駄目なの！　なにかラングをギャフンと言わせるアイデアはない？　魔法使いらしく知恵を絞ってよ！」

そんなものはない。ニコラの方を見ると、ニコラも首を横に振っている。でもこのまま放っておいて、やっぱり一人で外に行って、ご近所総出で大捜索なんてテンプレ展開は勘弁してほしいところなんだよなあ。お説教で済めばいいけど、大怪我でもされたらシャレにならない。

「家族の大人の誰かについていってもらったら？　大人が同伴したら外に出られるんでしょ？」

「お父さんもお母さんも仕事で忙しいもの。子供のわがままに付き合わせたりしたら駄目よ！」

デリカの両親は工務店を営んでいる。先日はデリカの家に招待されて、おやつをごちそうになった。っていうか、子供のわがままなのは自覚しているんだな。

「それじゃあギルおじさんとかよくヒマヒマ言ってるし、駄目もとで付き添いをお願いしてみたらどう？」

「それは名案ね！　お願いしてみる！」

デリカは拳をグッと固めて頷く。後はもうこれくらいしか穏便に外に出る手段はない。ギルにすべてをぶん投げよう。

◇◇◇

「あー、やめとけやめとけ、外になんか出てもなにもいいことないぞ。それよりも、町の中にいるだけで不自由なく暮らせることを両親に感謝するんだな」

空き地にやってきたギルに聞いてみたところ、あっさりと断られた。ぐうの音も出ない正論である。

「それよりもデリカの嬢ちゃん、親分としての格を見せつけたいのなら、もっと手っ取り早いのがあるだろう？」

「えっ本当!?　なになに!?」

ギルが自分の上腕をペシペシと叩きながら答えた。

「簡単よ、腕っぷしを鍛えればいいんだよ。ラングよりも強いってところを見せつければ、嬢ちゃんは子分より強いんだ。外に出ようがゴブリンを見ようが、どうでもいいことになるだろ？」

おお……、パワー・イズ・ジャスティス。たしかにそのとおりだ。前世は平和な世界で暮らしていたせいか、まったく気づかなかったわ。そういえばウルフ団って巡回という名の散歩はしてるけど、そういう子供にありがちな剣の特訓なんかをしているのはまったく見たことがなかったな。実に平和的な組織である。

「たしかにそうね！　でもどんな訓練をすれば強くなれるの？」

「棒っきれでもあれば、剣術の基本くらいならワシでも教えてやれるぞ。こう見えても若い頃は護衛も付けずに行商をしていたこともあるからな」

ギルは袖をまくり上げ、立派な力こぶを見せながらニヤリと笑った。

◇◇◇

こうして「月夜のウルフ団」はギルを剣術顧問として仰ぎ、簡単な剣の手ほどきを受けることになった。

結局のところラングも一緒に剣の手ほどきに参加することになるので、デリカとラングの腕前にそれほど差が開くことも無く、似たようなレベルで収まっていた。そのためデリカがラングを一方的にボコボコにして、親分としての格を見せつけるようなパワハラ事案は起こらなかった。

しかし実際に腕前を競うことで、外に出ただのどうだのというわだかまりは綺麗さっぱり消え去ったみたいだ。結局ウルフ団のみんなはいい子なんだよね。俺とニコラが絡まれたのが変な半グレ予備軍じゃなくてよかったと思う。

わざわざ聞いたりはしないけれど、もしかしたらギルはそこまで予想して剣を教えたのかもしれない。

ちなみに俺も一応は剣術を習ってみたけれど、魔法ほどはうまく扱える気がしなかった。まぁ魔法の方で身を守れればそれでいいだろうと思う。ちなみにニコラは棒っきれに触りもしなかったよ。

第十七話　例のアレ

今日は空き地での魔法訓練もそこそこに切り上げ、自宅へと帰ってきた。そして宿屋の裏側にある庭にニコラと共に向かう。

「ニコラ、行くぞ……」

「はい……！」

ニコラも珍しく緊張した面持ちだ。今から土魔法で念願のとあるモノを作成する。

今までは空き地で土魔法を使って椅子やテーブルを作っていた。座っても砂で汚れたりはせず、壊れもしない程度の固さは十分にあったのだが、残念ながら水分には弱かった。雨が降って水分を吸収すると、マナの影響で簡単に崩れたりはしないものの、表面の土が溶けて泥でぐちゃぐちゃになっていたのだ。

そこで土を作り出す際に、さらにぎっちりみっしりとマナを込めてみることにした。そうすると、これまで茶色だった土の塊が次第に白っぽく変色しはじめ、やがて土というよりも石のようなものが出来上がるようになった。

この魔法で作られた石っぽいものは水分もしっかりと弾いてくれたので、椅子やテーブルの完成度もワンランク上へと進化した。そして水に強い石が作れるようになったのなら、そりゃもうアレを作るしかないのだ。

俺は精神を集中し、土魔法を発動させる。すると地面から高さ数センチの石の床が浮かび上がり、その床の上に四つの石壁が伸びていくと上面のない直方体を形作った。大きさは前世で俺の家にあったものと大して変わらない。もう少し大きく作るつもりが、ついつい慣れ親しんだ大きさをイメージしてしまったようだ。

「水を入れてみよう」

その石で作られた箱に水魔法で水を入れる。まだ作りの甘い部分があったのか、水は少し泥が混じったような色になった。アイテムボックスに水を吸わせて再び水を入れる。それを何度か繰り返すと、やがてきれいな水が箱の中に溜まった。

「じゃあ温めてみるぞ」

腕を突っ込んで火魔法で水を温める。今までは安全上の理由から火魔法はイメトレのみだったけれど、ここで火魔法を使わずにいつ使うのか。

大丈夫だ、イメトレを信じろ……俺は水に直接手を突っ込んで自らの魔力を火属性のマナに変換させて水に直接呼びかける。……うん、じんわりと冷たい水が温かくなっているような気がする。

しかしおっかなびっくりなのと不慣れなせいで、温度がなかなか上がらない。それにじれったくなったらしいニコラが俺と同じように箱の中に腕を突っ込むと、火魔法を発動させたようだ。しばらくすると水から湯気が上がってきた。畑を耕す時も思っていたけど、やっぱりこいつ魔法を使うのが上手いな。俺よりも上手い気がする。

そのままお湯を温め、適温になったところでお湯から手を抜いた。俺とニコラが手を抜くのがほぼ同時だったので、どうやら好みの温度は同じなんだろうと思った。ぬるいよりもちょっと熱いくらいの温度だ。

「……風呂が完成したぞ！」

この世界に転生して以来、体は井戸から汲んだ水を使って濡れ手ぬぐいで拭くか、水浴びするのが基本だった。

前世では若干潔癖症のケがあった俺ではあったが、さすがにすぐに異世界でしばらく生活しているうちに慣れはした。……慣れはしたんだけれど、やっぱり風呂には入ってみたいという願望は捨て切れずにいたんだよね。そしてついに、ついに念願の風呂が完成したわけだ。

「……一番風呂は俺だ。異論は認めない」

俺はニコラにキリリと言い放つとズボンに手をかけ、その場で脱ごうとした。瞬間、俺の腕をニコラがキツく掴む。

「妹ファーストですよ」

ニコラがにこやかに、だが低い声で呟いた。腕に込められた力は強く、簡単に振り切れそうにはない。

「浴槽を作ったのは俺だし」

「私が魔法の使い方を教えましたよね？」

「ぐぬぬぬ……」

そこから一進一退の攻防が続いた。一番風呂を譲るつもりはないが、このままではいつまで経っても入れない。ここは譲歩すべきだろう。

「……わかった。それなら一緒に入ろう」

「……仕方ないですね。妥協します」

俺たちは庭の木の枝に服を引っ掛けると、かけ湯をすることもなく、すぐさま湯船に飛び込んだ。水面が派手に波打ち、湯船から少しお湯が溢れた。

「あっあぁ〜〜〜……」

俺とニコラは同時におっさんのようなうめき声を上げた。これは仕方ない。だって転生してから初めての風呂だもの。これを笑う奴がいるのなら、「なぜ笑うんだい？」とマジトーンで切り返してやりたい。

それにしてもめっちゃ気持ちいい。ほぼ五年ぶりの風呂は格別だ。ニコラも俺の横で蕩《とろ》けたような顔をしている。

ちなみに生まれた時は赤子ながらに胸と股間を隠すようなニコラであったけれど、その後ずっと兄妹として暮らしてきたせいか、俺や家族に対しては羞恥心が無くなったみたいだ。まぁ子供部屋でもずっと一緒だし、そんなもんを抱えていたらストレスで生活できないよな。俺もニコラの裸を見たところでなんとも思わないいし。見られてもなんとも思わない。

そうしてしばらくなにも考えず、ただただ湯船の気持ちよさに身を委ねていると、庭に干している客室のベッドシーツを取り込みに来た母さんがやってきた。

「あら？　それってお風呂？」

この地域では風呂の文化はないけれど、ほかの地域には風呂という文化はあるらしい。ウチは冒険者や旅人向けに宿屋をやっているだけあって、母さんもその辺の知識はそれなりに詳しい。

「うん。こないだ冒険者のおじさんが言っていたお風呂ってのを、魔法で再現してみたんだ。すっごく気持ちいいよ」

前世の知識とは言えないので適当にごまかしておく。すると風呂に興味を持ったらしい母さんがシーツを取り込むのを止めて近づいてきた。浴槽をコンコンと叩いて、それからお湯の中に手を入れる。

「へぇ〜。本当にとっても気持ちよさそうね……。というかマルクとニコラってこういうものも魔法で作れるのね！　すごいわ〜、母さん嬉しくなっちゃう」

母さんがニコニコしながら俺とニコラの頭を撫でる。そして両手をパンと打ち、

「ねえねえ、母さんも入っていいかしら？」

と提案した。

俺とニコラは思わず顔を見合わせた。一応は死角になっている裏庭の隅に作ったものの、ここは一般家庭ではなく宿屋であり、いつ庭に客が入ってくるかはわからない。大の大人、しかも美人の女性が庭で裸になるのはさすがにマズいと思う。

「いいけど、今日はちょっと待って。明日もっとちゃんとしたものを作るから」

「わかってるわよ〜。とりあえず壁で周囲を囲ってくれれば大丈夫だからね？」

母さんは一応危機意識を持っていたようだ。まぁ普段から食堂で客にナンパされまくっているからな。今のところは人妻とわかったら諦めてくれているけれど、タチが悪い奴がいつか来るかもしれない。余計な問題を増やさないためにも対策は練っておいたほうがいいだろう。


母さんに翌日に作ると約束し、ひとまず五年ぶりの風呂を楽しむことにした。ひとつ気になったことがあったので、母さんが仕事に戻った後、ニコラに聞いてみる。

「そういやお前、お客さんがこっちに来たらどうしてたの？」

「あー……」

それっきりニコラは風呂から出るまで無言だった。どうやら風呂の魅力の前には、元天使といえども周りが見えなくなってしまうみたいだね。

第十八話　風呂小屋

翌日、朝食を食べるとすぐにニコラを伴ってデリカの自宅へと向かった。

南広場のある大通りから少し脇道にそれて歩いたところに一軒の店がある。この町では石造りの建物が多い中、この店は木造建築なのでとても目立つ。ここがデリカの実家ゴーシュ工務店だ。

俺たちが家の前まで近づくと、店の前を掃除していたデリカの母親が俺たちに気がついた。赤毛で気の強そうな目元がデリカにそっくりだ。

「おや、マルクとニコラかい。ウチに来るのは久しぶりだね」

「おばさんおはよう」

「おばちゃんおはよー」

「はい、おはよう。ふふっ、ニコラは本当にかわいいねえ。ウチの娘に爪の垢でも煎じて飲ませたいくらいだよ」

デリカの母親はニコラに近づくと、その頭を存分に撫でまわした。ニコラはご近所のアイドル的地位を着々と固めつつあるのだ。

「今日はどうしたんだい。ウチのデリカに無理難題でも押し付けられたのかい？」

「ううん違うよ。親分に用事があって来たんだ」

「そうかい。親分ねえ……ブフッ。デリカー！　お客さんだよー！」

やっぱり親分呼びは家族も思うところがあるらしい。しかしここまで来たらもう変更は受け付けない。デリカが年頃に成長し、親分呼びを嫌がるようになっても、俺は親分と呼ぶことを止めないと心に決めている。


しばらくするとデリカが店前に現れた。家の手伝いをしていたのだろう、服のあちこちに付いた木くずを手で払っている。

「マルクとニコラじゃない。こんな早くからどうしたの？」

「要らないような板切れがあったら譲ってほしいんだ。そういうの無いかな？」

「焼いて処分するくらいの細い板切れならあるよ。母ちゃん持っていっていい？」

「いいよ。それと、必要ならこの辺の板も少しくらいなら持っていっていいからね。いつも美味しい魔法トマトをおすそ分けしてもらってるし、おばちゃんからサービスだよ」

店の横にたくさん立て掛けられている大きめの板を指差し、デリカの母親が答えた。おお、これはちょうどいい大きさだな。せっかくなのでご厚意に甘えよう。

「わあ、ありがとう。それじゃあ何枚か貰っていくね！」

「ああ、いいよ。かなり大きいけど、持って帰れるのかい？」

「うん、平気だよ」

俺はすぐさま板をアイテムボックスに収納した。デリカは何度も見たことがあるけれど、そういえば母親の方には初めて見せたな。デリカの母親に目を向けると、彼女は口をあんぐりと開けて驚いていた。あんまり見せてまわるものではないとは聞いているけど、友達のお母さんくらいなら大丈夫だろう。

「おばさん、親分、ありがとう。それじゃあ帰るね」

「えー、もう帰っちゃうの？　ずいぶんと急いでるのね。それで板はなにに使うの？」

「完成したら見せてあげるよ。それじゃあねー」

「ばいばーい。おばちゃん、おやぶーん！」

俺とニコラは手を振ってゴーシュ工務店から離れた。思った以上に良いものも貰えたし、準備は万端だ。さあ家に帰ろう。

◇◇◇

家に到着すると、そのまま裏庭に回った。昨日作った風呂はマナを分解して潰しておいたので、今日も最初から作り直しだ。その方が魔法の練習にもなるからね。

まずは土魔法で床を作ることにした。できればタイルのような模様も入れたいところだが、それは今後の課題にしよう。今はとにかくしっかりと固く作ることだけを心がけながら、無地の三メートル四方ほどの石の床を作り上げた。

次はそれを囲うように石壁を生やす。そして宿から一番見えにくいところに入り口を作る。これで屋根部分だけポッカリと空いている石造りの小屋が出来上がった。

その次は物置から持ってきたハシゴを石壁に立て掛け、デリカの家から貰ってきた板を屋根部分に被せる。板の届かない所は土魔法で少しだけ屋根を作った。そして板が動かないように土魔法で固定する。これで木製の屋根の設置の完了だ。

本当は屋根もすべて土魔法で作りたかったけれど、以前作った東屋と同じく崩落の危険を考慮した形だ。しかし今回の屋根は木の枝ではなく板なので、雨が降っても風呂に入れるというのはとてもいい。それでもいつかは総土魔法仕立ての小屋を作りたいね。

そして小屋の中に入って簡単な収納棚を作った。そして最後に浴槽を土魔法で作る。昨日のより少しだけ大きめに作ってみた。これで脱衣所付きの風呂小屋の完成である。

「ふうっ……」

ここまで休憩無しで作ったのでさすがに疲れた。少し頭がぼんやりとする。俺は体を軽く伸ばして深呼吸をすると、手伝うことなく近くで見学していたニコラに声をかける。

「水を入れるのは母さんの仕事が終わってからにしようか」

「そうですか。それじゃあ今日は私がお湯を作りますから一番風呂をもらってもいいですよね？お兄ちゃんは外で見張っておいてください」

「それはいいけど、実際に使ってみて改善点があれば教えてくれるかな」

「そうですねー……。とりあえず今気づいたのは、明かり取り用に小さな窓を作るのと、夜だとさらに真っ暗になるのでランタンを置く場所を作ることくらいですかね」

「あーそうか。それじゃあ今のうちに手直しするか」

俺は最後にもうひと頑張りしてニコラの言うとおりに手を加え、今度こそ風呂小屋が完成した。

少し離れてその全景を眺めてみたが、見た目は屋根以外セメントで作られた小さなコンテナのようだ。もうちょっとデザインをなんとかしたいところだけれど、なにをどうすればいいのかもよくわからない。まぁ今後とも利用していくことになるだろうし、そのうちいろいろと飾り気のある建物に改善していけばいいか。

俺が小屋を眺めていると、すぐにニコラが小屋の中に入っていったので、土魔法で椅子を作って小屋の前に座った。

しばらくすると風呂の中からニコラの声が聞こえてきた。

「お兄ちゃん、これって商売になりませんかね」

「風呂屋ってこと？　どうだろうなー。風呂を沸かすのは魔法だから、俺かお前がつきっきりになるからなぁ。魔法が使える人はセルフサービスでもいいけど、それだと客数がぐっと減るし。それに残り湯を捨てるのにアイテムボックスを使ってるから今のままだと使えないよ。掃除も面倒くさいだろうし、これは身内用だなぁ」

「元から私は掃除や湯沸かしなんかするつもりなんてないですから、お兄ちゃんが面倒ならこの案は没ですね。それから一応言っておきますけど、アイテムボックスの私の残り湯を変なことに使わないでくださいよ？」

使わねーよと思いつつ、俺はニコラが風呂からあがるのを待った。

◇◇◇

そしてその夜。夕食も終わり今日の仕事が一通り終わったところで、父さんと母さんを風呂小屋に連れていった。外はもう暗いので父さんがランタンを片手に目を見開き、母さんは口に手を当てて驚いていた。

「まあ～！　立派な建物を作ったのね。二人ともすごいわ！　それじゃあさっそく入っていい？」

「とりあえずお湯は入れてあるけど、ぬるかったら温めてね。母さんも父さんも火魔法は得意だよね？」

「そうね、少し温めるくらいなら平気だと思うわよ。それじゃあさっそく……」

「あ、ちょっと待って。あとね、お風呂を利用するときは、僕か父さんに声をかけて見張りをしてもらってるときだけにしてね」

父さんもウンウンと頷く。

「あらあら、息子に大事にされちゃってるわね～。わかったわ、約束します！」

ビシっと手を上げて答え、母さんは風呂小屋へと入っていった。

「それじゃあ見張りは父さんに任せるね」

父さんが頷いたのを見て、俺は庭から去った。

こうして風呂は我が家の生活に欠かせないものとなった。

そして風呂小屋を作ってしばらく経ったとある日のこと。ふと二階から庭を眺めると、大変ツヤツヤになった母さんと父さんが腕を絡ませながら一緒に風呂小屋から出てきたのを目撃してしまった。アレは見なかったことにしようと思う。

第十九話　セリーヌ

この日はニコラから「風魔法で浴槽をツルツルに研磨してください。ざらざらで気持ち悪いです」との指令を受けたので、朝食後に裏庭へと向かった。

なんだか便利に使われているような気がするけど、あまり使っていない風魔法の練習にもなるし、まぁいいか。深くは考えないようにしよう。

すると風呂小屋の前で、黒いとんがり帽子から深いワインレッドの長い髪を流し、胸元が大きく開いた黒いドレスを着た、いかにも魔法使いという風貌の女性がウロウロしていた。

「どうしたの？　セリーヌ」

「あらマルク、ちょうど良かったわ。前に泊まった時はこんな建物なかったと思うんだけど、なんなのこれ？」

セリーヌはソロで活動する二十代前半くらいの冒険者で、見た目のまんまの魔法使いである。特定の拠点は持たないようだが、たびたびこの町の冒険者ギルドで仕事をしており、その際にはウチの宿を贔屓《ひいき》にしてくれている。以前に来たのはひと月ほど前だったので、まだ風呂小屋はなかったはずだ。

ちなみに以前は「セリーヌさん」と呼んでいたんだが、「子供らしくないわね。セリーヌでいいわよ。もしくはお姉ちゃんね」と言われたので、その二択からセリーヌを選んだ。ついつい「さん」付けして話してしまった後で、今更子供らしくお姉ちゃんとは言い辛かったからだ。なるべく子供っぽい言動を心がけてはいるんだけど、なかなか難しいものだね。

「お風呂だよ。見てみる？」

俺はセリーヌを風呂小屋の中に案内した。小窓から少し明かりが差し込んでいるだけの薄暗い小屋の中に、脱衣スペースと収納棚、浴槽が設置されている。

「あら、本当にお風呂だわ！　ねえマルク、これって私も入れるの？　入ってみたいんだけど～！」

セリーヌが目をキラキラさせながら俺に問いかけた。今のところ客用に風呂のサービスはやっていないけど……。でも、セリーヌには町の外の話を聞いたり、たまにお菓子を貰ったりとなにかと可愛がられているし、まあいいか。

「いいよ、その代わりほかのお客さんには内緒だよ？」

「うんうん、わかったわよん。それじゃあお水はどこで汲むのかしら？」

「水はとりあえず僕が出しておくから、お湯は自分で調整してね。たしかセリーヌって火魔法がすごく得意なんだよね？」

そう言いながら、水魔法で手のひらから水をドバドバと流し込み浴槽に水を溜める。風呂を使うようになってから、水を出すのは随分《ずいぶん》と慣れてきたのだ。

だがセリーヌは俺の問いかけには答えず、浴槽を見て固まっている。

「どうしたの？」

「……マルク。そんなに水を出して大丈夫なの？　私があんたくらいの歳だと酒樽半分くらいがせいぜいだったんだけど……」

そういうものなのか。どのくらいの腕前かは知らないけれどソロで冒険者をしているセリーヌが言っているくらいなんだし、歳の割にはなかなかすごいことのようだ。ひたすら魔法の練習をしていた成果が出ていたようで、なんだか嬉しくなってくるね。普段誰かと比べることなんてないしな。

「大丈夫だよ。魔法はたくさん練習しているんだ」

「そ、そうなの。将来有望なのね……。ふふっ、今のうちにツバを付けとこうかしらん？」

セリーヌは落ち着きを取り戻すと、胸を強調したドレスの胸元をさらに寄せて近づいてくる。だが、この体はまだ性に目覚めていないせいか、ドキドキすることはないようだ。しかし前世の知識は残っているので、おっぱいが向こうから近づいてくると幸せな気分にはなる。良いものですよね、おっぱい。思わずニッコリとする。

「……キョトンとするでもなし、照れるでもなし、なんとも言えない反応ね……」

若干引き気味でセリーヌが呟く。今の俺からすると、かわいい動物が向こうから近寄ってきたくらいの気持ちなのかもしれない。まあでもツバを付けるもなにも、俺が性に目覚めた頃セリーヌの

歳は……。いや言うまい。向こうも冗談だろうし。

「はい、水溜まったよ。後は火魔法で調整してね。それと服はそこの棚に入れてくれればいいから。まだ暗くないし、明かりは大丈夫だよね？」

「了解。明かりはコレを使うから大丈夫よ。『光球《ライト》』」

セリーヌは手を上に伸ばすと光の球体を出した。球体はそのまま空中に浮かび、小屋の中を煌々《こうこう》と照らしている。光魔法の照明だ。初めて見た。

「それじゃあごゆっくりどうぞ。えっと、見張りはいらないよね？」

「ふふ、大丈夫よ。私に手を出す不届き者がいたら――」

――ボウッ……！

「今日がソイツの命日よ」

指先から真っ赤な炎を噴き上がらせながら、セリーヌがニヤリと笑った。

第二十話　光魔法

セリーヌを風呂小屋に残し、俺は子供部屋へと戻った。お早いおかえりですねと言いたげな顔をしているニコラに事情を説明する。

「セリーヌがお風呂を使いたいって言うので戻ってきたんだよ。浴槽の研磨は後でね」

「セリーヌがウチに泊まってたんですか？　それなら後で湯上がりふかふかおっぱいを堪能しに行かなくてはいけませんね」

「……なあ、お前って、セリーヌが来るたびにベタベタと甘えてるけど、もしかしてもうそっち関連に目覚めてるうえにあっち方面なの？」

なるべく言葉をボカして聞いてみた。ド直球に聞くのはちょっとね。

「違いますよ。人は自分には無いものを他人に見つけたとき、愛《め》でるか嫉妬するかの二択です。そして私は前者というだけなのです。それにですね、触ったら柔らかくて気持ちいいものを触りたいと思うことに性別なんて関係ありません」

ニコラは世の中の真理を語るかのように胸を張りながら堂々とそう語った。まぁおっぱいが柔らかくて気持ちいいものなのは同意するし、前世でも学生時代に女の子同士でキャッキャ言いながらおっぱい触っているようなシーンを見たことあったからな。そんなものなのかね。

俺がそんなふうに無理やり納得していると、ニコラは顎《あご》に指をあて、「んー」と少し唸った後に口を開く。

「ただ、こういう趣味って天使だった頃にはなかったんですよね……。もしかするとお兄ちゃんの魂と混ざりあった結果、こうなったのかもしれません」

「えっ、もしかして俺の影響なの？　だとしたら悪いことをしたな……」

ニコラがセリーヌに抱きついてる時、明らかにヤバい顔してる時があるからな。アレが俺のせいなのだとしたら、なんだか責任を感じてしまう。だがニコラはなんてこともないように答える。

「いえ、そこは気にしないでください。趣味が一つ増えて、むしろ感謝しているくらいなんですから」

「そういうものなの？　それならまあいいのかな……」

「ええ、ええ。新しい扉を開いてくれてマジ感謝なのです」

一抹《いちまつ》の不安を感じないでもないけれど、今更どうしようもないのも事実だ。俺はひとまず気にしないことにして話題を変えることにした。

「ところでさ、さっきセリーヌが照明の魔法を使っていたよ。初めて見た」

ニコラもなにも問題がないようで、俺の話に乗っかる。

「冒険者でもない限り、明かりはランタンがあれば事足りますからね。それに照明の魔法はマナのコントロールと維持が多少は難しい部類ですし。……セリーヌって思ってたよりも手練だったんですね。おっぱいで男を手玉に取ってイージーモードで冒険者をしているのかと思いました」

ああ見えて、男の冒険者なんかに媚《こび》を売っているところなんかを見たことはないし、案外身持ちが固いんじゃないか？　と反論したかったのだが、ついさっき実際にからかわれたところだったので口にするのは止めた。

「あと、『ライト』って口に出して唱えてたんだけど、わざわざ名前を唱える必要がある魔法ってあるの？」

「別に唱える必要はないですけど、魔法と名前を自分の中で関連付けしておくと、とっさの時に発動しやすくなるみたいですね。実に冒険者らしい工夫だと思います。ちなみに中には呪文の詠唱なんかをする人もいますが、ああいうのはマナを扱うのが難しい魔法を使う際に、集中力を高めるルーティーンみたいなもんです」

なるほど。たしかに発声することで体に覚え込ませたほうが、魔法をスムーズに使えるかもしれない。ちょっとしたコツとして頭の片隅に置いておくか。

それにしてもニコラはサポート役として事前に知識を蓄えてきただけあって、やっぱり魔法に詳しいな。この際ついでに聞いておこう。

「光魔法って言えば、やっぱり回復魔法が気になるんだけど、これって俺は使えないのかな？」

「人は魔法が使えない人でも魔力を体内に宿してます。そこに介入するのが回復魔法ですから、他人の魔力を打ち消すために、繊細な光属性のマナのコントロールか、もしくはゴリ押しするための大量のマナが必要になってきます。コントロールのほうは訓練しだいなので今はなんとも言えませんが、魔力の容量だけは順調に伸びているお兄ちゃんなら、やってみれば使えるかもしれませんね」

「そっか。日々の練習がちゃんと身に付いていてなによりだよ。これからは光魔法も練習してみるよ」

そんなふうにニコラ先生の魔法授業を受けていると、階段の方から誰かが上がってくる音が聞こえた。しばらくすると扉がノックされる。

「はーい」

俺が応答すると扉が開いてセリーヌが部屋に入ってきた。着ているものはさっきと変わらないが、風呂上がりで顔が少し火照っていて色っぽい。まぁムラムラはしないんですけどね。

「レオナさんから、ここが二人の部屋だって聞いてお邪魔しに来ちゃった。ニコラちゃんは今日もかわいいわね〜。マルクお風呂ありがとうね！　最高の気分だったわ！」

「わあ、セリーヌお姉ちゃんだ！」

ニコラがさっそく近づいてセリーヌに抱きついた。そしてセリーヌがかがんで抱き返すと、ニコラはおっぱいにうずまってセリーヌからは見えない角度で涎《よだれ》でも垂らしそうなだらしない顔を浮かべていた。あれって本当に愛でているだけなんですかね……。

「ニコラちゃんはまだまだおっぱい離れできてないのね。そういうところもかわいいわ〜」

ニコラはそこからワンランクかツーランク上がったステージに立っているのだと思ったけれど、口にはしない。

「それでマルク、お風呂を宿屋のサービスにするつもりはないの？　私、毎日でも入っちゃうわよ」

「掃除とかお湯の用意とか面倒だからやるつもりはないんだ」

「私なら一回入るのに、銀貨二枚払ってもいいんだけどな〜」

ウチの宿屋が一泊朝食付きで銀貨五枚なことを考えると結構な値段である。ちなみに俺は銀貨一枚千円くらいだと考えている。あんな浴槽だけの風呂の入浴料が前世のスーパー銭湯以上の値段になっているわけだ。ちょっと心が揺れ動くけど、やはり面倒くさいという思いが勝った。

「だめだよ。万が一繁盛したら僕が遊びに行けなくなっちゃうから」

「そういえばまだまだ遊びたい盛りの年頃だったわね。なんだか雰囲気が落ち着いてるからすっかり忘れてたわ〜」

うーん、もっと普段から子供っぽく振る舞ったほうがいいんだろうか。でも口調だけでも難しいのに、行動を子供っぽくするのはかなり難易度が高いな。

「残念だけど、諦めるしかないかしら〜。あ、でもたまになら入らせてくれる？」

「それくらいなら平気だよ」

「やった！　じゃあそういうことでよろしくね」

用事はお礼と今後の風呂の継続利用の件だったようだ。セリーヌはニコラの頭を最後にひと撫でするとと立ち上がり、扉のドアノブに手をかける。そしてそのまま部屋から出るのかと思うと、ふいに立ち止まった。

「あ、そういえば浴槽のお湯、どうしていいのかわからなかったから、そのままにしておいたけど大丈夫？」

「あとでお湯を掻き出して捨てるから大丈夫だよ」

実際はアイテムボックスに収納しているけど、そういうことにしておこう。

「そっか、じゃあお願いね。私の残り湯を変なことに使っちゃダメよん？」

そう言い残してセリーヌは去っていった。残り湯云々は女子の鉄板ネタなんだろうか。むしろ残り湯って、どんな変なことに使えるんだよ。逆に聞いてみたいよ。

「よっぽど残り湯でなにかしそうな変態に見えるんですね」

至福のおっぱいタイムが終わり、賢者タイムのニコラがボソっとつぶやいた。違うと信じたい。

第二十一話　風の色

セリーヌが帰った後、本来の用事だった浴槽の研磨を始めることにした。ついでに一階の厨房に行って、父さんと共に仕事をしていた母さんに声をかける。

「母さん、要らないワインのコルクって無い？」

「あるわよ～。えーと……、はいコレ。なにに使うの？」

母さんがコルクを手渡しながら尋ねる。コルクからはまだ微かにワインの匂いがした。前世では酒が原因で死ぬくらいには酒好きだったけれど、今はワインの匂いを嗅いでも飲みたくもなんともならない。体がまだ子供だからだろうか？　性欲の件といい不思議なもんだね。

「浴槽の底に水抜きの穴を開けて、コルクで塞ぐんだ」

今までは身内だけだったのでアイテムボックスで排水をしていたが、今後はセリーヌも使うことを考えると別の排水方法も作っておいたほうがいいと考えた。

母さんに礼を言い、厨房を出て裏庭へと歩く。風呂小屋に入るとまだ浴槽は温かく湯気が立ちこめており、それと共に嗅いだことのない匂いがした。これは女の匂いってヤツだろうか。成長すればこういうのでもムラムラするようになるのかね。

心と体が別というのは本当に不思議なもんだなと思いながら、アイテムボックスにお湯を収納していく。

ちなみに今までの残り湯は捨てずに収納したままである。せっかくなので限界までの収納に挑戦してみて、アイテムボックスの容量を計るつもりだ。決して「変なこと」とやらに使うためではない。

ふと現在の収納量が気になったので、アイテムボックスの収納リストを思い浮かべる。

そうすると、アイテムボックスの中になにがどのくらい入っているのかがわかるのだ。どういう仕組みなのかわからないけど、なんともすごいね。

脳内に浮かんだリストには「家族の残り湯」「マルクの残り湯」「母さんの残り湯」「父さんの残り湯」「母さんと父さんの残り湯」「ニコラの残り湯」「セリーヌの残り湯」等、さまざまなラベリングがされている。お湯は一日家族で使い回すこともあれば、魔法の練習代わりにこまめに入れ替えることもあるのでこんな状態になっているのだろう。

その中には俺の知らない残り湯情報もラベリングされていたので、収納することで鑑定代わりに使えるかもしれないと思ったが、今はそんなことよりも、この残り湯のラベリング表記が問題だ。

こんな情報を残していたらそれこそ変態なんじゃないか？　俺にしか見えないラベリングではあるけれど、存在自体がなんとも気になる。試しに頭の中でまとまるように念じてみると「残り湯」ひとつにまとまってくれた。よかったよかった、俺は決して変態ではないのだ。

それにしても大量の残り湯とほかの雑多なゴミなんかも含めると、いつの間にやら俺のアイテムボックスには大量の物資が入っていることに今更ながら気づいた。ニコラは容量の大きい人で一トントラックくらいと言っていたけれど、これはもうそれに近いくらいの容量はあることだろう。つまり俺のアイテムボックスの容量は、もう世間でもトップクラスということだ。

これは神様にギフトとして授かったアイテムボックスがすごいだけの可能性もあるけれど、容量は魔力の器に比例するらしいので、幼少トレーニングの効果や、神様の「天使の魂と混ざることで少しは才能に恵まれるかも」なんて発言も関係しているのかもしれないな。

そんなことを考えながら、まずは浴槽の底に穴を開ける。俺のマナが馴染んだ石だからなのだろうか、簡単に加工できるみたいだ。コルクをはめ込んでみるとピッタリと穴に収まった。一旦コルクを外し、開けた穴から排水用に下水道まで繋がる溝を土魔法で作る。とりあえずこれで完成だ。

次はいよいよ研磨作業を開始する。

「研磨するんだから、研磨機みたいに考えるといいのかな」

風は目に見えないのでイメージが難しい。そこでなるべく詳細にイメージするように心がけてみる。CDくらいの円盤が手のひらで高速回転するイメージで……風魔法を発動！

すると手のひらの近くで円盤状のマナの塊が高速回転しているような感覚が生まれた。風の余波がこちらまで届いて髪の毛をバサバサと揺らす。そして高速回転しているであろう円盤をそっと浴槽に当ててみると、ギュイイイン！　とものすごい音がして浴槽側面の石が削れた。

「こっわ！」

あまりの音の迫力に思わずビビってしまい。風魔法を止めてしまった。これは怖い。うっかり指なんかをあてたら一瞬で指が吹き飛んでしまいそうだ。

風魔法が見えないのがさらに不安を煽《あお》る。……うーむ、見えない道具を使うのは怖すぎるな。剣と魔法のファンタジーなゲームやアニメだと風魔法を緑色なんかで表現していたけれど、実際のところ風って目には見えないし。

と、そこまで考えて、見えないなら見えるようにしたらいいじゃないと、当たり前のことに気づいた。マナで作られてる風なんだから、マナを見ることができればそれでいけるはずだ。

俺はさっそく風魔法を発動させたまま、普段マナを感じている感覚を広げてみる。初めての頃は自分の体内の魔力すら感じ取れなかったものだが、今では自らが外に顕現させたマナを感じることくらいはできるのだ。

自分の体から手の先に集まっている風属性のマナの存在を感じ、次はそのまま意識を集中させ、なんとなく感じているだけだったマナの感覚を、もっと細かく広く――すると今まで見えなかったマナの色が見えた。

風の属性を帯びたマナは、ゲームやアニメでお馴染みの緑色だった。

その後はギュインギュインと音を響かせて研磨作業だ。手元の風魔法が見えるようになったので、ビビることもなくなり作業効率は格段に向上した。

しばらくして研磨作業は終了した。前世の浴槽のようにツルツルとまではいかないが、変なひっかかりなんかは無くなったので、以前よりも快適な浴槽になったと思う。

さて、ひと仕事終わったしひとっ風呂と言いたいところだったが、まだ昼食前の時間帯だった。

さすがに風呂には早すぎる。

とりあえずは昼食だな。さっき厨房で父さんがソーセージを茹でているのを見た。食堂で使い切れなければ余り物がそのまま昼食に出てくる可能性が高い。父さんが馴染みの肉屋から仕入れてくるソーセージはとても美味しいのだ。

今日は食堂があまり繁盛しない方がいいなと、宿屋の息子としてはよろしくないことを考えながら、俺は風呂小屋を後にした。

第二章　町の外は危険がいっぱい

第一話　六歳になりました

空き地で畑を耕しながらいろいろな遊具を作り、デリカたちと町を巡回しながら遊び、家に帰れば風呂目当てなのか、町に居着くようになったセリーヌの相手をし、夜はニコラに魔法のアレコレを教えてもらう――そんな生活を繰り返しているうちに俺は六歳になった。

六歳からは週一回の教会学校に参加することになる。教会学校では読み書きや計算を教わりながら、聖書を読み聞かされたり賛美歌を歌ったりするそうだ。教育で釣って布教をする目的もあるのだろう。

そして今日が教会学校に初めて登校する日だ。朝食後、ニコラと一緒に家を出る。

「がんばってお勉強してくるのよ～」

母さんと父さんがわざわざ宿の外まで見送りに出てきてくれた。何事かと近所のおじさんおばさんが外まで見にきたのでちょっと恥ずかしい。

途中でデリカの家に寄っていく。一緒に教会に行こうと誘われたのだ。デリカの母親に声をかけると、すぐにデリカとユーリがやってきた。

「さあ行くわよ！　あたしについてきなさい！」

今日からは学校でも子分が増えることになるからか、随分と張り切っているようだ。それにしても十歳になってもデリカは相変わらず親分気質だ。そろそろ恥ずかしがる頃だと思っていたのだけれど、もう少し猶予期間はあるらしい。

しばらく歩くと、以前ラングが子守をサボって説教されていた教会に到着する。デリカを先頭に入り口の大きな扉を開けて中に入ると、いくつもの長椅子が規則正しく並び、中央奥には祭壇が見えた。いわゆる礼拝堂だ。

デリカは祭壇には目もくれず、入ってすぐ右手にある扉を開けた。そこは四十人ほどの子供が集められた広い部屋だった。部屋には長机と長椅子、一番前には黒板がある。ここが教室になるのだろう。

町の中では南に位置する教会だが、ここには教育を希望する東と南の子供が集められているそうだ。初めて見る子供も結構いる。

部屋の様子を眺めていると、デリカと同い年くらいだろうか、つり目でいかにも活発そうな茶髪の少年がデリカに声をかけた。

「おいデリカ。後ろにいるのは新入りか？」

「そうよジャック。なにか用？」

「お前のところの新入りを見に来たんだよ。見込みがありそうならウチの団に勧誘しようと思ったんだが、……フン、ひょろっちいな」

ジャックが俺を見ながらバカにしたように鼻で笑う。するとデリカが声を荒げて言葉を返した。

「あんたのところみたいなならず者軍団に、ウチの大事な子分が入る訳ないでしょ！」

ここまでの言葉の応酬で、ジャックとやらがデリカと対立組織のリーダーなのはなんとなくわかった。あとひょろっちいとか言われたけれど、俺は平均的な六歳児の体型だと思う。しかし子供と張り合ったって仕方ない、とりあえず無難に挨拶をしておくことにした。

「こんにちは。僕はマルク、こっちは妹のニコラだよ。よろしく」

そう言いながら後ろに隠れていたニコラの肩を掴んで前に押し出す。ニコラはなにも言わずにペコリとお辞儀をした。

「ハッ、デリカの子分のくせに礼儀正しいじゃ……ねえ……か」

ジャックはニコラの方を見て、顔をポカーンとしている。

『フッ、また一人、私の魅力にやられてしまったようですね』

ニコラが念話で伝える。なにやら釈然としないが、実際そのとおりなのだろう。相変わらず顔は良いのだ。顔はね。

そしてまた俺の後ろに隠れた。かわいくて大人しい女の子を演じたいのだろうか、それともややこしそうな相手に関わりたくないだけなのか。だけどこういう手合にそれは悪手な気がする。

「フン、それじゃあ俺はもう行くわ。……隙あり！」

ジャックはニコラのスカートを捲《まく》ろうとした！　ニコラはひらりと身をかわした！

「ジャック！　なにやってんのよ！」

「ヘン！　それじゃあな！」

デリカが怒鳴るがジャックは気にすることなく颯爽《さっそう》と走り去る。やっぱり気になる子にはいたずらしたい年頃なんだな。当たり前だけど、そういうことをしたところで好感度が下がることはあっても上がることなどない。

「ニコラ、大丈夫？　アイツはすぐ女の子にちょっかい出してくるのよ。困ったことがあったらすぐに言いなさいよ！」

「うん、ありがとう。親分お姉ちゃん」

『くっ、失敗した……。最初にガツンと言っておくべきでしたか』

ニコラが自らの過ちに気づいたらしい。かと言って今更キャラを変えるのは難しい気もするし、なんだか嫌な予感がする。


その後デリカが如何《いか》にジャックが乱暴者でどうしようもないヤツであるかを、プリプリと怒りながら説明していたが、しばらくすると教会学校の担任である若いシスターがやってきたので適当に着席する。

今日は新しい子供たちを迎えての初日だということで、一人ずつ自己紹介することになった。といっても名前と年齢、出身地区を言うだけなので、あっという間に全員の自己紹介は終わった。いつの間にやら教室に戻ってきていたジャックは、やっぱり東の地区の子供でデリカと同じ十歳だった。

自己紹介のあとは年齢別に分けられて、さっそく授業が始まる。シスターが年齢が若い順番から、年齢に応じた課題を出していくようだ。最年少の俺たちのグループには、木で作った文字の積み木が配られた。これで文字に慣れ親しみ、少しずつ学んでいくという教育方針なんだろう。

シスターはニコラの前に立つと、ニコラの前に広げられた積み木を手に取ってゆっくりと語りかけた。

「こんにちは、ニコラちゃん。ニコラちゃんの名前はね、……この字と、この字と、この字でニ、コ、ラって読むのよ。まだむずかしいかもしれないけど、少しずつ覚えていきましょうね」

「はぁい」

ニコラの返事を聞いて、まだ年若いシスターがにっこりと微笑む。ニコラの偽の笑顔よりよっぽど癒やされるね。ありがたやありがたや。

なんて思いながら眺めていると、急にニコラが俺の方に寄りかかり――空いたスペースに、黒板に文字を書くのに使うチョークが通り過ぎていった。するとつまんなさそうにジャックが声を上げる。

「ちぇっ、外したか」

「ジャックさん、いけませんよ！　ニコラちゃんに謝りなさい！」

「は～い、すいませ～ん」

ジャックがニヤニヤしながらシスターに答えた。どう見ても謝っているようには見えない。すると背後でガタンと物音が聞こえ、振り返るとデリカが立っているのが見えた。

「ジャック！　ニコラに手を出すなら、あたしが相手になるわよ！」

「ヘン！　オーク女なんか相手にしてられっかよ！」

「だれがオークですって！」

教室が騒がしくなってきた。そしてニコラは、

「もう帰りたい……」

俺に寄りかかったまま、面倒くさそうに呟いた。普段チヤホヤされているだけに、ああいう手合にはストレスが溜まるのだろうな。


その後も授業が続きジャックのちょっかいも続いたが、ニコラはそのすべてを避け切っていた。見事な反射速度だと感心するが、普段はニコニコと周囲に愛想を振りまいているニコラが珍しく無表情になっているのを見ると、さすがに気の毒な気分になってきた。

そして最後に賛美歌を歌って、この日の教会学校は終わった。「また来週会いましょうね」と手を振るシスターにニコラと一緒に手を振り返し、教会の外に出る。

すると俺たちを待ち構えていたのだろう、ジャックに声をかけられた。

「おいニコラ！」

ジャックが二人の取り巻きを連れて近づいてくる。

「今日は見事に俺の試練に耐えきったな。見どころのあるお前を特別に俺たちの『闇夜のダークスカル団』に入れてやるぜ！」

気を引く行動をすべてかわされてしまったので、ストレートに勧誘することにしたのだろう。ネ

ーミングについてはもはやつっこむまい。

「ニコラ、いじわるをする人は嫌い」

ニコラが俺の影に隠れながらきっぱりと言い切った。

「なっ⁉　ウチの団は冒険者の兄ちゃんが剣を教えてくれるんだぞ！　それにたまに兄ちゃんが外の狩りに連れていってくれるんだ！　デリカのところよりもずっとすごいぞ！」

今ここにデリカがいなくてよかった。今日は家の手伝いがあるのでデリカとユーリは早めに帰ったのだ。いたらまた揉めていそうだ。

それでも首を縦に振らないニコラを見て、ジャックは矛先を俺に変えた。

「お前兄貴なんだろ？　お前からも言ってやってくれよ！　……そうだ、お前も特別に入れてやってもいいぞ！」

「いや、別に入りたくないからいいよ。それよりももう帰っていい？　僕たち帰ったら家の手伝いがあるんだ」

六歳になったことで、少しだけ宿の手伝いをすることになった。俺は父さんの料理の手伝いを、ニコラは母さんの手伝いでウェイトレスの真似事みたいなことをやっている。

俺にあっさりと断られたのに腹が立ったのだろうか。顔を真っ赤にしたジャックが肩を怒らせて声を上げた。

「うるさい！　それじゃあニコラをかけて決闘だ！」

なにがそれじゃあなのかわからないけど、子供に理屈は通用しないんだろうな。しかし決闘なんて言われても困る。どう断ればいいのか考えていると、今まで俺の背中に隠れていたニコラがひょこっと顔だけ出して口を開く。

「いいよ！　お兄ちゃんは負けないもん！」

「えっ？　ちょっと」

『なんでお前が乗り気なの？　決闘をするのは俺なんですけど』

『もうめんどくさいので、この際完膚無きまでに叩きのめしてやってください。スッキリ決着をつけておかないと、来週もまた絡んできますよ？』

えぇ……。それはたしかにそうかもだけど……。決闘をするの？　マジで？

第二話　決闘

『なあニコラ、俺、前世でも人を殴ったり蹴ったりしたことないんだよね』

『お兄ちゃんには魔法があるでしょう？　あれでちょこっと泣かしてやればいいんです。大丈夫大丈夫、ファイト～いっぱーつ！』

ニコラは俺に面倒を押し付けることができて、とってもご機嫌になっていた。

なんだかイラっとしたので、ニコラのほっぺを人差し指でグリグリする。ちょっとだけスッキリした。

「ふぉにいちゃんがんばってね～」

　グリグリされながらでもニコニコしてやがる。やっぱりスッキリしない。

　とりあえずニコラは置いといてだ、勝手に話が進んでしまった決闘のことを考えよう。殴ったり蹴ったりせずとも、魔法を使ってもいいのなら、なんとかなるのかなあ。でも対人なんてもちろん初めてだし、少しやり方を考える必要があるな……。

「相談は終わったか？　こっちだ！　ついてこい」

　律儀に待ってくれていたジャックについていくと、教会の裏庭に到着した。隅には畑を作っているスペースがあった。おっ、キャベツとキュウリが植えられている。マナも微かに感じるなあ。シスターの誰かが育てているのかな？

「おい！　こっちを見ろ！」

　座り込んで野菜を観察していると、ジャックの怒鳴り声が響いた。さすがに悠長に野菜観察をしている場合じゃないことを思い出し、ジャックの方を見る。取り巻きが二人並んでいるけど、さすがに三対一じゃないよね？

　俺が取り巻きに視線を向けていると、それを察したジャックが腕を組みながら言い放つ。

「こいつらは立会人だ。俺は卑怯者じゃないからな！」

　六歳相手に決闘を申し込む時点でどうかと思うけど、さすがに三人相手に立ち回るのは大変だと思っていたので助かった。

「わかったよ。それじゃあいつでもどうぞ」

「なんだお前、余裕ぶっこきやがって。泣くか降参したら負けだからな！」

この世界の子供の決闘というか喧嘩が、どういうものなのかわからないのは正直怖い。いきなり殺傷可能な魔法とか使ってこないよね？　ウルフ団には魔法が使える子は一人もいなかったけど、ジャックはどうなのだろうか。

ニコラが俺から離れて裏庭の端に移動する。それを見たジャックが取り巻きの一人に頷いてみせた。

「それじゃあ……始めっ！」

取り巻きの一人が開始の声を上げ、決闘が始まった。

「うおおおお！」

ジャックが雄叫びを上げながら、まっすぐこちらに走ってきた。まずは自分の前方の土を土魔法で柔らかい砂にしてみる。これは畑で何度も地面を掘り起こしていたのでお手のものだ。少し深めに掘ってやると、俺は数歩後ろに下がった。

「うおっ⁉」

狙いどおりだ。走っていたジャックがふかふかの土に踏み抜いて、落とし穴に落ちたかのように体が地面に沈み込む。脚の脛《すね》あたりまで土に埋まったようだ。

「えっ？　なんだこれ！　魔法か⁉」

すぐに這い出せばなんとかなると思うが、ジャックは突然のことに足を止めてしまう。俺はジャックが砂の落とし穴から抜け出るよりも早く、ジャックが沈んだ周囲の土をマナで固めた。これでコンクリ程度の固さにはなっているだろう。これで簡単には抜け出せないと思うけれど、どうだろうか。謎の異世界パワーで地面を破壊して抜け出てこられると困るんだけど。

「うん、魔法だよ。降参してくれる？」

俺は油断せずに距離を取ったまま、ジャックの様子を見る。なんとか足が抜けないか、片足を両手で持って引き抜こうとしている。力んで額から汗を流しながらジャックが叫んだ。

「くそっ！　魔法を使うなんてズルいぞ！」

どうやらジャックも魔法を使えないみたいだ。それならこのままいけそうだ。

次は風魔法をジャックに向かって放った。ちょっとした強風程度なのだが、突然の風にジャックはバランスを崩し、ふかふかの地面に両手を付けて手首まで沈み込ませた。そこですかさず腕を土魔法で拘束。四つん這いジャックの出来上がりである。

「さて、ニコラのスカートをめくりにいってたけど、ジャック君も同じことされたらどう思うのかな～」

ふと、「目には目を歯には歯を」なんていうことわざを思い出した。

人を傷つけたとき、同程度の刑罰を加えるという意味合いで使われているが、もともとの原文では、同じ程度の刑罰で許してあげましょうねという過剰な報復を抑止する目的があったという説があるとかなんとか。

というわけで今回は過剰な報復をやってみることにした。俺だって向こうの都合で厄介事に巻き込まれて、少しは腹が立っているのだ。この程度の仕返しはさせてもらおう。

俺は身動きの取れないジャックの背後に回り込むと、ズボンだけではなく下着も一緒に下にずらしてやった。ジャック印のポーク◯ッツのお目見えである。

「うわあああ～やめろやめろ～！」

フルチンジャックが騒ぎ立てる。ふとニコラの方を振り返って見ると、親指をグッと立ててさわやかな笑顔を浮かべていた。どうやら今日の学校でのストレスはしっかり解消できた模様だ。

俺はしゃがみこんでジャックの顔を覗《のぞ》き込む。

「どうかな、降参かな？　それともこのまま、まだ学校にいるみんなを呼びに行こうか？」

「う、うるさい！　お前ら助けろ！」

ジャックが取り巻きたちに向かって叫ぶ。二人の子分は俺を取り囲もうとしたが、右手を前に伸ばしただけで、動きを止めた。ヘイヘイピッチャービビってる～。

それを見て助けがこないと察したジャックが叫んだ。

「ま、まいった！　俺の負けだ！」

「本当に？　開放した途端に殴りかかってこない？」

「しねーよ！　だから早くこれを解いてくれ！」

ジャックが羞恥にまみれた顔で口早に答える。うーん、ウソをついて騙し討ちするようには見えない……と思う。

「わかった。じっとしててね」

俺は固めた地面を再度柔らかくし、ジャックの拘束を解除する。彼は急いでズボンと下着を穿《は》き直すと地面から抜け出して、顔を真っ赤にしながら俺に一言。

「お、覚えてろよ！」

定番の捨て台詞を残して取り巻きたちと走り去り、裏庭には俺とニコラだけが残された。ジャックがこれで諦めてくれればいいんだけどな。とりあえず土魔法を使ったあたりを均《なら》して元通りにする。

「ふう……帰るか」

「……帰りましょうか、セクハラショタコンお兄ちゃん」

「一応お前を助けるためにやったのに酷い言い草だよ」

俺はため息まじりに答えた。するとニコラは俺の前に回りこんでにんまりとした顔を浮かべる。

「とても感謝していますよ。なんならほっぺにチュッくらいならしてあげましょうか？」

「いいえ結構です。それじゃあ今度こそ帰ろうか」

妹にキスされて喜ぶような年頃ではないのだ。俺は再びため息を吐くと、ニコラと一緒に家へと帰った。

第三話　お手伝い

パンツをずり下ろしてジャックとの決闘に勝利した帰り道は、いつもの空き地に寄って畑にマナを補充、熟した魔法トマトを収穫してから家へと帰った。

「ただいまー」

宿の入り口ではなく裏口から入り声をかけ、魔法トマトを隅に置いてあった籠に入れる。キッチンで父さんの手伝いをしていた母さんがやってきた。

「おかえりなさい、マルク、ニコラ。学校はどうだった？」

「うん、楽しかったよ」

「ママただいまー！」

ニコラはさっそく母さんの腰に抱きついて甘えている。

「詳しくは夕食の時にでも話すね。なにか手伝うことない？」

ジャックとの決闘云々をバカ正直に言って心配させる気はない。話すのはもちろんジャック以外の出来事だ。

「そうね、もう父さんの料理の仕込みも終わりそうだし……ニコラと一緒に食堂のテーブルを拭いてきてくれる？」

「はーい、ニコラ行こう」

この世界では六歳にもなると、ある程度の労働力として計算される。とはいえウチは教会学校にも通わせてもらっているし、遊ぶ時間もずいぶんともらっている。お手伝い自体も簡単なものだ。

これはもう子供労働力としてはエンジョイ勢と言ってもいいんじゃないかと思うんだが、もちろん教会学校に通っていないガチ勢の子供も存在する。幼いうちは教育を受けたほうがいいと個人的には思うのだけれど、それぞれの家庭の事情もあるのだろう。そう考えると両親には感謝してもしきれない。

濡れ布巾を片手に食堂に入ると、夕方の鐘が鳴っていないうちからちらほらとテーブル席には客が座っていた。空いているテーブルを拭いていき、ついでに客のいるテーブルから空の皿を下げていく。

ウチの宿屋は基本的に宿泊と朝食のみだが、昼食と夕食は一階にある食堂で別料金で振る舞われている。近所の酒場ほど広くもないしメニューも多くはないけれど、父さんに胃袋を掴まれた人や、外まで食べに行くのが面倒な宿泊客なんかでそれなりに繁盛しているのだ。

「あらマルク、おかえりなさい〜」

胸元の開いた黒いドレスを着た女に声をかけられた。冒険者のセリーヌだ。

「こんにちはセリーヌ。帰ってきていたんだね」

セリーヌはここで風呂を体験して以降、このファティアの町を拠点にして活動しているのだが、この三日ほどは行商人の護衛で外に出かけていた。

「近くの村だからね。片道一日くらいだもの。こんなもんよ」

俺は近くの村で片道一日かかるってだけでもゲンナリしてしまうのだけれど、それはまだ前世の感覚が抜けていないんだろう。片道一日は近い部類らしい。そもそも行商人は馬車で移動だが、護衛は歩きだったそうだから大変だ。

思わず前世のブラック企業の新人研修で半日近く延々と歩かされたことを思い出す。知っているかい？　普段それほど歩かない人間が急に長距離を歩かされると、足の裏の感覚が無くなるんだぜ。

もちろん次の日は筋肉痛地獄さフフフ……。

「まっ、それで報酬も貰えたし、今日はお酒を飲んで、ゆっくりとお風呂に入って寝る予定よ。もうこのために生きていると言っても過言ではないわね～」

前世のトラウマを思い出していたところで、セリーヌの声で我に返った。アルコールを摂取しての風呂はオススメしないが、まぁ固いことは言うまい。

ちなみにセリーヌが利用するのを見て、風呂に興味を持つ客はほかにもいたのだけれど、たまに物珍しさで銀貨二枚を払って利用する客がいたくらいで、常連になったのはセリーヌだけだった。もともと風呂の文化が根付いていないせいかもしれないし、掃除が面倒で値段を高めに吹っ掛けているせいなのかもしれない。

その高めの値段設定の元となったセリーヌなんだが、普段いろいろと仲良くしてもらっているセリーヌに毎回銀貨二枚を貰うのは、こちらがなんだか後ろめたい気分になったので、こちらから無理やり常連サービスということで銀貨一枚の値下げを提案してゴリ押しすることにした。まぁ実際セリーヌは自分でお湯を沸かせるので準備も楽だしね。

「それじゃあ後で浴槽を掃除して水だけ入れておくね。お風呂の中で寝ないように気をつけてよ？」

「はいはい、ほんとしっかりしてるわね～。そういえば今日は教会学校だったんでしょ？　あんたはともかく、ニコラちゃんはすっごくかわいいから大変だったんじゃない？」

向こうでテーブルを拭きながら、客に愛想を振りまくニコラを見ながらセリーヌが言った。まるで俺がかわいくないかのような言いようだ。俺だってニコラと比べなければ可愛い部類なんだからな。本当だぞ？

「見てきたように言うね。そうだよ、ニコラがほかのグループに勧誘されて断ったら決闘とか言われてさ、大変だったよ」

両親にはジャックとのいざこざを話すつもりはないけれど、セリーヌに言うのはいいだろう。むしろセリーヌに聞いてもらって悪ガキのあしらい方のアドバイスを聞きたかったのだ。そこでセリーヌには包み隠さず説明した。

「ぶふっ！　身動き取れなくして悪ガキをフルチンにしたって⁉　面白いことするわね〜！」

「怪我させないように降参させるには、それが一番いいかなって思ったんだよ。これで良かったよね？」

「うーん、どうかしら？　ちょっとくらい痛めつけてやっても良かったと思うけどね。あんまり生ぬるいと相手はつけあがるかもしれないし、初っ端に後悔するくらいにボコボコにした方が後からしつこく付け回されないでいいかもしれないわよ」

まるで経験してきたかのように遠い目をするセリーヌ。さすが剣と魔法の世界の人間はバイオレンスだな。

「でもまぁ魔法で完封してみせたのなら、あんたとの格の違いってヤツを体感したんじゃない？あんたならその辺のガキ大将には負けないでしょ。ねぇ、いっそこの町の子供たちの大親分にでもなったらどうかしらん？」

からかうような口調のセリーヌに俺は小さく息を吐きながら答える。

「そんなの興味ないし、僕はデリカ親分の子分で十分だよ」

後はこのまま何事もなく平穏な学校生活を送れればそれでいいのだ。肩をすくめるセリーヌを残して俺は家の手伝いに戻った。

◇◇◇

テーブルを拭き終わった後は宿の外を掃除することにした。

宿の入り口周辺を箒《ほうき》で掃く。普段から母さんが掃除しているので目立ったゴミはなかったが、それでも近くの木から葉っぱや枝が風で流されてきていた。……あっ、串焼きの串を発見。

それらを箒で集めていると、大通りからジャックがこちらに向かって歩いてくるのが見えた。隣には見たことのない十五歳前後の少年が並んでいる。さっきのこともあるので注意深く様子を見ていると、俺とジャックの目が合った。ジャックがこちらを指差す。

「兄ちゃん、アイツだよ」

少年が頷き、ジャックと共に俺に近づいてきた。

「よお、お前がマルクか。すぐに済むからちょっと顔貸《ツラ》してくれねえかな」

えっと……、これはもしかして、お礼参りってやつですか？

第四話　ジャックとラック

そういえばジャックは、自分には冒険者の兄がいると言っていた。これってもしかして子供の喧嘩に兄貴が出てきているの？　しかも一回り歳上の？

コレってどうしたらいいんだろう。宿屋に逃げ込むのがいいのか、それともジャンピング土下座でもすればいいのか。いきなりの出来事に戸惑っていると、食堂でテーブルを拭いていたニコラが外に出てきて念話を届ける。

『あらあらお礼参りですか？　お兄ちゃんふぁいとー』

ニコラがささっと俺の後ろに隠れた。おそらくそこが一番の特等席とみたんだろう。なんか他人事みたいに言っているけどお前が一番の当事者だからね？

少年はニコラを見た後、ジャックを見た。ジャックが頷く。

「そうか、お前が例の……。それならここでいいか」

少年が直立する。そして一拍おいた後——

「すまんかった！」

少年が突然頭を下げた。同時にジャックの後頭部も抑えて同じように下げさせている。

「えっ!?　あー、はい？」

訳がわからずに生返事をすると、少年が頭を上げ、ジャックの髪の毛をグリグリと掻き混ぜながら、呆れたような声で答える。

「本当にすまなかった。こいつはな、かわいい女の子を見ると、すぐにちょっかいを出したがるんだよな～」

「ちょっ、兄ちゃん止めてくれよ！」

ジャックが顔を赤らめて喚《わめ》くが、少年は意に介さずにジャックの頭をぐりぐりとかき回す。

「本当のことだろ？　そんなんじゃモテねえって、いつも言ってるのによお～」

「うううううう～」

ジャックは顔を真っ赤にしながら、言葉にならない唸り声を発している。

そこでようやく理解した。兄がお礼参りにきたんじゃなくて、弟を連れて謝罪に来たのか。お礼参りに来たなんて思ってすまんかった。

「今日ギルドから帰るとな、コイツが家の庭で木剣をブンブン振り回してたんだよ。練習にしちゃ身が入ってねえみたいだし、様子が変でな。それで話を聞いてみると決闘で負けたんだって言うもんでよ。そこからそもそもなんで決闘したのかって話になって、見どころのある女がいたから勧誘したとか言った訳だ。それでピンときたんだよ」

リベンジでも考えていたのかもしれないな。兄貴の介入でそれも無くなりそうでなりよりだ。

「それでこれはしっかり謝ったほうがいいと思ってな。負けた分際で虫のいい話だとは思うが、これからは仲良くしてやってくれるとありがてえ。そうすりゃ弟にも望みがあるかもだろ？」

兄貴がニコラの方を向いてニカっと笑った。しかしニコラは無表情でノーリアクションだ。

「……こりゃあ望みなんて、一欠片もねえかもしれねえな……」

ニコラの顔を見てボソっと呟き、兄貴は話を続けた。

「自己紹介が遅れたが、俺の名前はラック。コイツの兄貴で冒険者をやってる。まだE級だけどな。コイツが俺を慕ってくれてかわいいもんだから、俺もいろいろと教えてやったりしてるんだが……、女の扱いはこのとおりでな。ほんとすまなかった！」

再びラックが頭を下げ、彼が頭を掴んでいるジャックも強制的に下げられた。

女の扱い云々を六歳児に言われても困る。しかしなんだ。喧嘩をふっかけたのを謝るのはともかく、デリカシーの無さそうな兄貴なのは若干可哀想かもしれない。

気になる女の子の前で好きだのなんだのと言われたジャックのライフはもうゼロだろう。さすがにもう止めてあげてほしい。

「大丈夫だよ。ニコラはなにも被害は受けなかったし。ね？　ニコラ」

『決闘のアレでもう十分だったんですけど、さらに良いものが見れましたね』

プライドがズタズタのジャックを見ながらニコラが楽しそうな声色で念話を届けた。しかしそれをおくびにも出さずにニコラがラックにコクリと頷いてみせる。

「そうか！　いやーほんとすまなかったな！　ジャックにはもう一度よく言い聞かせておくからよ！　ほら、ジャック！」

「うっ……。悪かったな」

ラックに促されたジャックがしぶしぶながら謝罪を口にする。まだ顔は赤い。

「はぁ～。本当に反省しているのかねぇ～？　まっ、なにかあったら俺に言ってくれよな！　それじゃあ帰るわ！」

そうしてラックとジャックは去っていった。なにかあったらって言われても、どこに住んでるかも知らないいんだけどね。

なんだか嵐のような出来事だったな。俺とニコラはラックジャック兄弟の後ろ姿をなんとなく見送りながら、宿の前で立ち尽くしていた。

「ふーん。ラックが例のガキ大将の兄貴だったのね」

ひょっこりとセリーヌが宿の入り口から顔を出していた。いつから見ていたんだろう。

「知っているの？」

「ラックはまだ駆け出しのE級の冒険者なんだけど、期待の新人ってやつね。ま、私からしたらヒヨッコもいいところだけど」

セリーヌが大きな胸をさらに大きく張りながら答える。まだ少年と言ってもいい歳の相手に大人気ないな。ちなみにセリーヌはC級だそうだ。

「好きな子を巡って決闘とか、男の子はそういうの好きね～。そしてそんな子を身動き取れなくして、好きな子の前で下着を脱がしちゃうとかマルクって本当に鬼ね！」

一番怪我をしない方法を模索《もさく》しただけである。心に傷を負ったかもしれないけどね。そのうえついさっきの件でさらに倍になっていそうだ。

「ま、あの弟くんも、これからはおとなしくなるでしょうよ。自分より歳下にこんな男の子がいるなんてね？」

セリーヌが俺を見て肩をすくめて笑った。そして俺の目をじっと見ながら問いかける。

「そういえばマルクって、いっつも魔法の練習しているけど、将来は冒険者になるのかしら？」

「うーん、安全に稼げるならそれもアリだと思うんだけれど、すごく危険そうだよね？」

「そうねえ～……。自分の力量をしっかり把握すれば、ワリのいい仕事ではあると思うわよ。とはいえトラブルなんかも付き物だから、完全に安全なわけではないけどね。まあそのトラブルを自らの力で切り抜けるのが、なんとも言えない快感となるのよねえ……！」

セリーヌが両手で肩を抱いて身悶えていた。Ｍなのかなこの人。

俺が冷ややかな目でセリーヌを眺めていると、まだお子さんにはわからないわよねと言いながら眉尻を下げ、それからなにかを思いついたようにパンと手を鳴らした。

「そうだわ！　良かったら明日、町の外でやるような依頼に連れていってあげてもいいわよ？」

唐突に職場見学のお誘いがきた。

おお、これは何気にいい話なのかもしれない。最近は外にも興味が湧いてはいたものの、もちろん無謀なことをするつもりはなかった。しかしセリーヌと一緒ならきっと安全だろうと思う。この機会は逃さないほうがいい。

「行ってみたい！　……でもちゃんと守ってよね？」

情けないかもしれないけれど、しっかりお願いしておこう。怖いものは怖い。

「大丈夫よ～。まっかせなさい！」

セリーヌが自信ありげに自分の胸をポンと叩く。大きいお胸がぷるんと揺れた。

前世では子供向けの職業体験のできるテーマパークなんかもあったみたいだし、今回のもそういうものだと思っておこう。安全面もこの世界にしては最低限は考慮されている……はず。

とりあえず両親に承諾を取らないといけないな。セリーヌのことは両親もよく知っているし断られるようなことはないと思うけど。

◇◇◇

すぐに家へと引き返し厨房にいた母さんと父さんに、セリーヌに連れていってもらって町の外でギルド依頼を見学する話を告げると、あっさりと承諾された。

「いいわよ～。そろそろ一度お外を見せてあげたいと思っていたところだし、セリーヌさんなら安心だわ」

母さんはセリーヌの提案を歓迎し、父さんは大きく頷いて俺の頭を撫でている。

多少は話し合いの場が持たれると思っていただけに肩透かしだった。思っていたほど外は危険じゃないのか、両親が楽観的なのか、セリーヌを信用しているのか。どれだかわからないけれど、あっさりと話が進むなら気にしないことにした。

ちなみに一応ニコラにも同行するのか聞いてみると、ついていくと答えた。俺はてっきり家でゆっくり休んでいるとでも言うと思っていたのだが、それが顔に出ていたのだろう、ニコラは少し不

満げに俺を睨むと、

『サポートというお役目は忘れていませんよ』

そう念話で伝えて、口をへの字に結んだ。

第五話　冒険者ギルド

そして翌日。一緒に朝食を食べたセリーヌとニコラと共に自宅を出発し、冒険者ギルドへと出かけた。

南広場から大通り沿いに町の中央に向かって進む。南広場まではデリカたちと歩いたことがあったが、そこより先を歩くのは初めてだ。

自宅周辺は住居以外では食料品や細々とした雑貨や古着等、日々の生活に必要な物を売る露店や店舗が多かったが、この中央に近づくにつれ、これまでは見ることの無かった武具の店や鍛冶屋なんかも見かけるようになってきた。

そうしてしばらく進むと、ことさら変わった建物を発見した。上下に空間があり真ん中を押すと開く、いわゆるウエスタンドアがやたらと目立つ建物だ。セリーヌはためらうことなく、その建物に向かって歩いていく。どうやらこれが冒険者ギルドのようだ。

中に入ると建物の右側半分を占めるのは飲食スペースだ。丸いテーブルが幾つも並び、そこには革鎧を着込んだおっさんが朝っぱらから酒を飲んでいた。そのおっさんがセリーヌに気づいて声をかけた。

「おいセリーヌ。ヒック、なんだあ、そのガキは？　もしかしてお前の隠し子か？　グハハハ！」

「ええそうよ、かわいいでしょ。わかったらもう私を口説くのはいい加減やめてくれるかしら？」

「えっ⁉　マ、マジかよ……。嘘だと言ってくれよぉ……」

自分で聞いておきながらセリーヌの冗談にショックを受けて項垂《うなだ》れている。若い頃に生んだなら俺くらいの子供がいてもおかしくはなかったりするけれど、そもそもセリーヌの言い方で冗談かどうかぐらいはわかると思う。どうやらこのおっさんはずいぶんと酔っ払っているらしい。

セリーヌはおっさんを放置して飲食スペースの反対側へと向かった。壁には大きな掲示板が打ち付けられており、そこには大小様々な紙が貼られている。依頼書ってやつだろう。

掲示板の前では数人の若い男女が依頼書を見ながらなにやら相談をしていた。彼らはセリーヌに気づくとペコリと頭を下げ、それを見たセリーヌが軽く手を振る。

「ここで自分の能力や希望に沿った依頼を探して、あっちのカウンターに持っていくのよ。えーとちょうどいいのはあるかしら」

しばらく依頼書を眺めた後、セリーヌは掲示板から一枚の依頼書をはがし取った。ちらっと「ゴブリン」という文字が見えた気がする。

「やっぱりこれが一番いいわね。薬草採りなんて、やったところでつまんないだろうし」

つまるつまらないの話ではないとは思うんだけど、外で薬草を採ってくるくらいの依頼なら、わざわざ見学までする必要もない気がしたので、特に異論はなかった。しかし一応なにを選んだのかくらいは聞いておこう。

「今ゴブリンって文字が見えたけど」

「そう、ゴブリンの討伐依頼よ。常設依頼と言って、だいたいいつでも貼り出されている依頼なの。ゴブリンが増えると人が襲われたり外の牧場なんかにも被害が出るし、常に数を減らしておかないと駄目なのよね～」

害獣駆除みたいな扱いなのかな。

「まぁたかだかゴブリンだし一体あたりの値段は安いから、ある程度慣れた冒険者には人気の無い依頼なのよね。でもあんたたちに体験させるなら、これはちょうどいい依頼よ」

セリーヌはにっこり笑うと腰を曲げてニコラを撫で、そのまま依頼書をヒラヒラと振った。

「さて、これから依頼書をカウンターまで持っていくわね。本当は私一人でカウンターに行けばいいんだけど、せっかくだからあんたたちもついてきなさい」

セリーヌは俺の頭もポンと撫でると、二つあるギルドの受付カウンターの内、順番待ちの少ない方へと並んだ。俺とニコラもその後ろに並んで順番を待つことにした。

しばらくすると、すぐに自分たちの順番が回ってきた。セリーヌがカウンター前に備え付けられた椅子に座る。

カウンター越しに見えるのは、艶《つや》やかな黒髪を背中まで伸ばした受付嬢だ。やっぱりこの世界でも顔採用というのがあるんだろうか。とても美人である。

「こんにちはセリーヌさん。……あら、今日はかわいいパーティメンバーがご一緒なんですね。ようやくソロは卒業でしょうか？」

受付嬢はこちらを見てニコリと笑いかける。

「うふん、もしかしたら将来のパーティーメンバーになるかもね？　今日はこの子たちに冒険者のお仕事を見せてあげる見学会みたいなものよ。コレお願い」

セリーヌは依頼書を受付嬢に手渡す。受付嬢が依頼書に書かれた内容を読んで、困惑した口調でセリーヌに問いかけた。

「えっ、薬草採取等ではなくてゴブリンの討伐なんですか？　一応確認しますけど、冒険者やその付き添いの怪我や死亡は自己責任で、ギルドではいっさいの補償はありませんよ。ご理解いただけてますよね？」

「わかってるわよ。この子たち二人くらいならちゃあんと守れるわ」

セリーヌが俺とニコラの肩を抱きながら答えると、それを見た受付嬢は少し思案した後、諦めたように軽くため息をついた。

「……まぁ、たしかにセリーヌさんなら大丈夫ですね。でも本当に注意してくださいよ？」

受付嬢が眉を寄せながらもセリーヌに依頼書を返した。どうやらセリーヌはギルドの中で実力を認められているようだ。もしかするとC級冒険者というのは、かなりの実力者なのかもしれない。

受付嬢から依頼書を返してもらうと、セリーヌは懐からカード状の物を取り出し、依頼書の上にカードを置いてマナを込めた。すると依頼書になにやら紋様が描きこまれる。紋様はうっすらと輝いたが、しばらくすると輝きを失う。不思議そうに眺めているとセリーヌが教えてくれた。

「これはギルドカード。ちょっとした魔道具になっていて、これを使って依頼書に署名をするのよ」

なるほど。どういう仕組みかはわからないけど手書きのサインやただの判子よりも本人証明には良いものなんだろうな。セリーヌが再び依頼書を受付嬢に手渡す。

受付嬢が大きめの判子のようなものを取り出し、依頼書にポンと押すと、これもまた微かに光った。これもなんらかの魔道具なんだろう。

「はい、たしかに受領いたしました。セリーヌさんお気をつけて。君たちもセリーヌさんから離れちゃだめよ？」

これで依頼の受付は完了らしい。受付嬢はカウンターから身を乗り出すようにして俺とニコラに近づくと、心配そうな顔を浮かべた。

「ふふっ、心配しないで。ゴブリンなんかに指一本触れさせないわ。それじゃ、行ってくるわね」

セリーヌは踵を返してカウンターを後にする。受付嬢がこちらに向かって小さく手を振っていたのでニコラと二人で手を振り返し、小走りでセリーヌの後を追った。

冒険者ギルドから出る時に横目で見ると、飲食スペースの革鎧のおっさんは酔い潰れて眠っているのが見えた。酒は飲んでも飲まれるな、だな。酒が原因で死んだ俺が言うのもなんだけどね！

第六話　町の外

冒険者ギルドで依頼を受けた後は、ついに町の外へと移動開始だ。冒険者ギルドまでの道のりを引き返し、自宅近くの南門へと向かう。門の近くには手に槍《やり》を持ち武装をした四十歳手前くらいの男が立っていた。

「よう、お前ら」

こちらに気づいた男が声をかけてきた。門番のブライアンである。この辺りは近所だけあって、ブライアンとは以前から顔見知りだ。

「レオナから話は聞いてるぜ。外に行くんだってな？　怪我しないように気をつけるんだぞ」

どうやら母さんが先に話を通してくれていたらしい。子供は簡単に外に出られないように門番がチェックをしているので、これは助かった。そういった手回しをすっかり忘れていたな。

「うん、行ってきます」

「おじちゃん、またね～」

「私がついているんだから大丈夫よ～」

セリーヌが手をヒラヒラ振りながら石造りの門を通り、俺たちもそれに続く。そして門を抜けて、俺は初めて町の外に出たのだった。

◇◇◇

「……おおう、なんかすごい」

思わず素の声が出た。周囲には草原が広がり、目の前には草の剥げた街道がまっすぐ続いている。街道からは馬車がこちらに向かってくるのが見えた。行商人だろうか。

右側に視線を向けると遠くに森が見えた。教会に住んでいるラングは森に薬草を採りに行くことがあると言っていたが、あの森なんだろうと思う。

とにかくだだっ広くて果てしない風景に圧倒された。この開放感は壁に囲まれた町の内側ではきっと得られないだろう。

町の外壁周辺を見渡すと、外壁の周りには煉瓦造りの建物や柵で囲まれた土地があった。牧場や畑だろうか。圧倒的大自然にビビった後に人工物を見ると、なんだかホッとするね。

建物を眺めていると、セリーヌが微笑ましいものを見つめる顔つきで俺に説明してくれた。そうだね、きっと今の俺は上京したての田舎者みたいな顔をしていると思う。

「壁の外側にも家はあるわよ。内側の土地は限られているけど、外側はご覧の通り空いているし税金も安いの。もちろん町の内側ほど安全じゃないけどね」

壁の内側で新たに畑や牧場を作ることは難しい。だったら町の外側で作ろうと考えるのは当たり前のことだが、外には単なる害獣よりもやっかいなゴブリンなんかの魔物が生息している。

そこでこの町では税収の一部を使い、ゴブリンの討伐依頼といった町周辺の治安を守る仕事を冒険者ギルドを通して常に依頼することで、町の周辺で仕事をしている人々や家畜を魔物から保護しているのだとか。町の外でも税金を取るだけのことはあるな。

一通りの説明が終わり、セリーヌがパンと両手を合わせた。

「さてと、これから森の方にゴブリンを探しに行くことになるんだけど……その前にマルク、魔法を見せてくれる？」

「いいけど、どの魔法？」

「あんた土魔法が得意なのよね。攻撃魔法……石礫を飛ばしたりとかってできないかしら？　石弾《ストーンバレット》って言われている魔法なんだけど」

ファンタジーものでたまに見る、石を弾丸のように飛ばすやつかな？　やったことはなかったけれど、とりあえず手のひらから石を出して前に飛ばそうとイメージしてみる。

すると突き出した手のひらの前から、赤ちゃんのこぶしくらいの石が生み出された。そして十センチほど前にポコンと飛んで、地面に落ちてコロコロと転がる。

「あっれー？」

「あははは！　土魔法で建物を造ったりジャージャーと水を出したり、どんな神童よと思っていたけど、初めてあんたの年相応なところが見れた気がするわ〜！」

そうだよ、俺なんてこんなもんですよ。とはいえセリーヌの言葉に少しイラっとしたので、もう一度チャレンジしてみる。

石が動くのをしっかりとイメージする。前に動かすのだ。前に、前に……。

するとあらたに作り出された石は、手のひらからスウーっと五メートルほど前まで動き、そこでポトリと落ちた。あれ以上はマナが届かないみたいだ。全然アカンかった。

『……センスゼロとはこのことですね。今回は練習よりも見学の方がよさそうですよ』

ニコラの呆れ声が響く。

こうなれば最終手段しかない。再び石を作り出す。そしてそのまま石を掴み取ると、思いっきり前に向かって投げてみた。放物線を描く石ころは十メートルも届かずに落ちた。……年相応の遠投だった。

ストーンバレット（人力）——当たりどころが悪ければゴブリンは死ぬ。

「……それでゴブリンを倒すのは無理ね」

「やっぱりそうだよね」

「まぁ六歳にしては大したもんよ！」

背中をバンバン叩きながらセリーヌが俺を励ます。どうやら俺は攻撃魔法は苦手みたいだ。生活魔法で使っている時ほどうまくイメージが湧かない。

「さて、マルクはおいといて、ニコラちゃんはなにか魔法が使えるの？」

するとニコラは足元に落ちていた木の枝を拾って、

「わたしはそうりょニコラ。たたかいはできませんがちりょうのつえがつかえます」

どこかのハゲ僧侶の台詞を口にした。どうやら戦う気はないらしい。

「……そ、そう。ニコラちゃんは僧侶なのね～」

おままごとだと思ったのか、セリーヌはスルーした。

「うーん、戦えそうならちょっとやらせてあげようかなと思っていたけど、無理っぽいなら普通に見学でも構わないわ。それじゃあ行きましょうか」


そしてしばらく歩くことになった。ゴブリンが棲息する森の方へと進むらしい。

それにしても、自分がここまで攻撃魔法が不得意だとは思わなかった。今までなんやかんやでうまく魔法を使いこなせていただけに、ショックがないと言えば嘘になる。前世で生活していくうえでなにかを組み立てたり作ったりすることはあっても、他者を攻撃することなんてなかったからイメージがうまくマナに伝わらないんだろうか。それともなにか根本的に間違っているのか……。

俺が若干落ち込みつつセリーヌの後ろに並んで歩いていると、急におでこに柔らかいものがムニュッと当たった。セリーヌの尻だ。考え事をしていたらセリーヌが立ち止まっていたらしい。

「ほら、しっかり気をつけていないとダメよ。……いたわよ、あそこ」

まったくもってそのとおりである。尻が魔物なら今ので死んでいた。反省しつつセリーヌの指差す方を見た。

森のすぐ近くに、小さな子供のような人の形をした何者かがウロウロとしているのが見えた。

粗末な布を纏い、子供のような低い背丈。毛髪は無く小さな角が二本生えている。そして極めつけは緑色の肌——そうか、あれがゴブリンなのか。

第七話　初めて見た魔物

「それじゃあ見ているのよ～」

セリーヌが腰に備え付けた五十センチほどの棒を取り出した。シンプルなデザインで先端には宝石のようなものが埋め込まれている。魔法の杖《ワンド》だと、以前セリーヌに聞いた。無くても魔法は使えるが、あったほうが効率よく魔法が使えるという補助道具らしい。

セリーヌが杖の中程を左手で掴み、弓に見立てるように縦に構える。そして右手を矢を引くように動かし、口を開く。

「火の矢《ファイアアロー》」

するとその両手の間に燃え盛るような炎で出来た矢が、なにもないところから浮かび上がるように現れた。そしてセリーヌが右手を開くと、その矢は勢いよくゴブリンの方へと向かっていく。開けた場所だというのに、まだこちらに気づいてすらいなかったゴブリンに火の矢が当たると、弾かれたように吹き飛び地面を転がった後ピクリとも動かなくなった。

そして間髪入れずに、セリーヌは二度三度とそれを繰り返す。

ほどなくして、その場にいた三体のゴブリンすべてが地に伏した。火魔法ってやっぱりすごい。

俺はまだ水をお湯にするくらいしか使えないけど、練習すればあんなことができるようになるのだろうか。火魔法は練習が危ないので気が進まないけどね。

「よし。それじゃあ近づくわよ」

おそるおそるセリーヌの後についてゴブリンに近づいていく。そこには左胸がまるでえぐられているかのように吹き飛んでいるゴブリンが二体、腹の辺りがぽっかりと穴が空いているのが一体。傷口の周りは真っ黒に焼け焦げ、ぶすぶすと煙が上がっている。三体ともピクリとも動いていない。どうやら即死のようだ。

「どう？　吐きそうになったり、頭がクラクラしたりはしない？」

俺にまっすぐ視線を合わせながらセリーヌが問いかけた。その眼差しは真剣だ。

「あんまり直視したいものじゃないけど……そこまではないかな」

「ニコラちゃんは？」

「うん、へいきー」

ケロっとした顔でニコラが答えると、セリーヌが安心したように大きく息を吐いた。

「そう……。なら良かったわ。そういうのを拗《こじ》らせると冒険者として致命的なのよね」

たしかにグロ耐性が皆無だと冒険者は厳しいかもしれない。そういうところもしっかり見てくれているんだな。

「それじゃあ討伐証明を持っていくわよ。右耳をこうやって切り取るの」

セリーヌはゴブリンの右耳の上端を摘むと、根本からスパッとナイフで切った。

「うへっ」

思わず変な声を出してしまい、自分の耳までムズムズしてきた。

「基本的にモンスターの討伐証明は右耳ね。左耳を持っていっても証明にはならないから気をつけること」

ふーんそっかー、そうやってゴブリンを倒した証明をするんだなあ、大変だなあ。両右手の男みたいに両左耳のゴブリンとかいたら証明ができないなあ。逆に両右耳のゴブリンがいたらお得だなあ。そんなどうでもいいことを考えてると、右耳を革袋にしまいこんだセリーヌが俺の方を見て、

「はい」

と、ナイフの取っ手を俺に向けた。……えっ？　もしかして俺もするの？

いやまさか六歳児にそんなことはさせないよね。俺の勘違いだよね。と俺が固まっている間に、セリーヌは俺の隣のニコラに「はい」とナイフを向ける。

ノータイムでナイフを受け取ったニコラは、まるで雑草を刈るような手軽さでゴブリンの耳をサックリと切り取ってみせた。

そして今度はニコラが俺に「はい」とナイフを向けるのだった。俺を見つめるその瞳からは、「こんなこともできないんですか？」と念話が無くても聞こえてきそうだった。

ぐぬぬ……。ニコラはやれたのに、俺はできませんはさすがにかっこ悪いよな。……よし、俺はナイフを受け取ると覚悟を決めた。

ええいままよ！　と、俺はゴブリンの耳を掴む。少し冷たくてヌルっとした感触がした。そのまぐっと引っ張ると、耳の付け根にナイフを差し入れ、一気に切る！　切った！　切ってやったぞ

おおおお！　……ああ、手にまだ切った感触が残ってる。鳥肌が立ちそう……。

俺はその感覚に耐えながらセリーヌにナイフと右耳を突き出した。セリーヌは俺をじっと見つめ、それから苦笑いを浮かべる。

「うーん。ニコラちゃんは平気っぽいけど、マルクはもう少し慣れたほうがよさそうね」

「へ、平気だよ」

なにやらヌメった左手の指先を擦り合わせながら俺が答えた。

「こら、やせ我慢しない。でもこういうのは小さいうちから慣れさせた方が後々ラクなのよね。さあ、これからどんどん狩って慣れていきましょうね～」

俺とニコラから受け取った耳を革袋に詰め込み、セリーヌが立ち上がる。そして俺たちは目の前に広がる森へと足を踏み入れたのだった。

第八話　ゴブリンの森

森は草原に近い所は視界もそれほど悪くなく、歩きやすい道が続いた。ゴブリンにもまったく遭遇することもなく、ひたすらセリーヌの後ろについて歩を進める。森のすぐ近くにいたのは随分とレアなケースらしい。そういえば森に薬草を採りに行ったラングも自慢するくらいだったもんな。

最初に見かけた集団は町の外の牧場に家畜でも襲撃に行く直前だったんじゃないかとセリーヌが

言っていた。偶然とはいえ被害が出る前で良かったと思う。

そして数十分は森を歩いただろうか。

警戒しながらなのでそれほど距離は進んでいないと思うけれど、人の手が入っていないような草木が生え放題のけもの道に変わり始めた頃、ついに森の中でゴブリンを発見した。

◇◇◇

「火の矢《ファイアアロー》」

セリーヌが火の矢《ファイアアロー》をゴブリンに直撃させた。これで二十体目だ。

倒した後はセリーヌが周囲を索敵し、安全と判断した後に三人で近づく。そして俺がゴブリンの右耳を切り取る。

そう、俺はセリーヌから耳切り係に任命されたのだ。ニコラは平気そうなので、俺に集中して経験を積ませるつもりらしい。実際に十体を超えたあたりから、耳を切る行為になにも感じなくなった。慣れってやつは不思議だね。

しかしこのまま耳切り係で終わるのはちょっと心残りがある。俺だって男の子だ。耳を狩りまくって慣れた影響もあるが、一体くらいはゴブリンを倒したいという欲が湧いてきた。そのための秘策だって思いついたのだ。

その後しばらく森の中を進んでいると、木々が少なく地面もなだらかな場所に一体だけうろついているゴブリンを見つけた。

ふむ、あれならちょうどいいかもしれない。俺は火の矢《ファイアアロー》を仕掛けようとするセリーヌに声をかける。

「ねえセリーヌ。あのゴブリン、僕が倒してみたいんだけどいい？」

「え、やれるの？　……ほほーう、いいわよ。それじゃあやってみて」

セリーヌは思ったよりもあっさりと許可を出してくれた。少しワクワクしたような顔でこちらを見ているが、あまり期待されても逆に不安になってくるな。

「え、えと、危なくなったときは守ってね？」

「まっかせなさい！」

セリーヌが胸を張り、胸がポヨンと揺れた。これってワザとやってんのかな。

とにかく万が一の場合はセリーヌになんとかしてもらおう。安全マージンを確保して少しばかり落ち着いた俺は、まず自分の目の前の地面を柔らかく変化させる。

自分の命がかかっているので念入りに柔らかくしようとマナを込めまくる。地面の見た目はさほど変わらないが、土はフッカフカのサッラサラになった。ジャックとの決闘で作った落とし穴よりも柔らかくて深いはずだ。

次に手を上に伸ばして土属性のマナを練り、「武器」を作り出す。

外れても大丈夫なようになるべく大きく、絶対に倒せるようになるべく分厚く――

そうして完成した空中に浮かぶ「武器」を見たセリーヌは……なんとも言えない微妙な顔をしていたけれど、とりあえずは無視だ。

なんにせよ、準備は完了した。後はゴブリンを呼び込むだけだな。

俺は石ころを拾い、ゴブリンの方へと投げつけた。当たりはしなかったがこちらに気づいたようだ。

「ギギッ！」

俺に気づいたゴブリンが木の棒を片手にこちらへと走ってきた。すぐに俺とゴブリンとの距離が縮まる――だが、五メートルほど手前でゴブリンの膝まで地面に埋まった。

「ギュゲッ⁉」

すぐさま地面を硬化させて落とし穴からの脱出を防ぐ。そしてゴブリンがジタバタもがいてる間に、ずっと浮かばせていた「武器」をゴブリンの頭上へと運んでいく。

木々の少ない場所を選んだので、ほとんど音も立てずに「武器」がゴブリンの頭上へと迫る。そして急に周囲が影に覆われて不審に思ったゴブリンが頭上を見上げるが、その時にはもう手遅れだ。

――ドシンッ！

縦三メートル横一メートル厚さ五十センチの石壁を落とされたゴブリンは、そのまま石壁の下敷きになった。硬化した地面にゴブリンの血が少し滲《にじ》んでくる。なんだか「シーー○ーーー！」と叫びたくなるね。

それはともかく、石が魔物に届かないなら魔物を呼びこんで石を落とせばいいじゃない作戦、大成功である。

「どう？」

俺は振り返りセリーヌを見上げた。多少ドヤ顔だったことは否定しない。

「はー、なんともまぁ力技ねえ」

セリーヌが呆れ顔で呟く。

『マジでセンスゼロすぎて笑えますね』

脳内にニコラの声が響く。お二人からは不評のようだ。

「そ、そう……」

「これ、ラックの弟に使っちゃだめよ？」

「使うわけないでしょ。僕をなんだと思ってるの」

「なんでしょうね？　むふふ。それじゃあマルク、初めて狩った記念すべき魔物なんだから、しっかり討伐証明を切り取らないとね」

「あっ、そうだ。耳を切らないと」

ゴブリンを倒した満足感ですっかり忘れていた。しかしコレの耳を切るのか……大変だなあ。

石壁のマナを分解すると石壁はさらっとした砂になった。そして砂山をかき分けると、その中からぐっちょんぐっちょんのゴブリンの死体が現れた。大半がまだ砂で隠れているが、この時点ですでに本日ナンバーワンのグロ映像である。自分でやったことながらエグい。

耳の位置を探るために、ゴブリンの頭部らしきところに積もった砂を払っていると、セリーヌの声が頭上から届く。

「危険な状況なら仕方ないけど、なるべく討伐証明が取りやすいように仕留めるのも、冒険者として大事なことよ」

なるほど、そのとおりだ。この方法は封印しないといけないなあ。そもそも足止めをしてから石を落とすのは二度手間だし、冒険者からすると雑魚だと言われるゴブリン一体に対して、魔力を使いすぎだと思った。

まぁちょっと意地になっていたところもあったからね。本気でこの方法が有効な手段として使えるとも思っていなかったよ？　ほんとだよ？

しばらくしてペシャンコのゴブリンの耳を探り出した。ナイフで切り取った後、砂だらけの耳を水魔法で洗い流しセリーヌに渡す。ふう、グロ耐性がゼロのままだと腰が抜けていたかもしれないな。

セリーヌが耳を革袋に入れる直前、急に思い出したように言った。

「そうそう、冒険者の中には人生初の討伐証明を記念にとっておく人も結構いるんだけど、いる？」

「いらないよ！」

「あははは！　そう言うと思った。それじゃあそろそろお昼だし、少し移動して休憩しましょうか～」

革袋にポイッと耳をしまい込み、セリーヌがさらに森の奥へと歩き出した。

第九話　休憩

森の中で見つけた川に沿って少し進むと、見晴らしのいい場所にたどり着いた。いくつもの切り株が並んでいるので、椅子やテーブル代わりに使えそうだ。誰が最初に場所を整えたかはわからないけれど、ここは冒険者が休憩に使っている共有スペースらしい。

「十分ゴブリン狩りは体験したけど、せっかくだからこういうのも体験しておかないとね」

セリーヌが腰紐に備え付けた革袋から干し肉と黒いパンを取り出して、俺とニコラに手渡す。

「もし苦手でも、今回はできるだけ食べなさいよ」

俺は受け取った干し肉と黒パンをじっと見つめた。実家の食堂では干し肉は出さないしパンも白パンなので、こういう食べ物は話に聞いたことはあっても見るのは初めてなのだ。

さっそく干し肉を口に含んでみた。……なんともしょっぱいうえに硬いガムを噛んでいるような食感だ。このまま噛んでいても終わりそうにないので、噛み切れない干し肉を口の中に残したまま次は黒パンをかじる。こちらもガッチリと硬い。

セリーヌを見てみると干し肉を黒パンにギュッと押し込んで、ワイルドに噛みちぎりモッギュモッギュと噛み潰すように食べている。さすがに慣れた様子だけど、俺のような子供にこの硬さはちょっときついな。

少し考えて、水魔法でお湯を出してみることにした。以前は水しか出せなかったが、火魔法も絡めることでお湯を出せるようになったのだ。

ベチャベチャにしない程度に黒パンを湿らせて干し肉と一緒に食べてみる。すると干し肉の塩気も少し抜けた上に、硬さは随分マシになった。これならなんとか食べられそうだ。

「お兄ちゃん、ニコラにもお湯ちょうだい」

「ほい」

ニコラの目の前にお湯を流すと、ニコラも同じように黒パンを軽く湿らせてモッギュモッギュと食べ始めた。

セリーヌが呆れ顔でボヤく。

「マルクはほんと器用に魔法を使うわね。逆に使えない属性とかあるの？　ついでに私にもお湯ちょうだい」

セリーヌはお湯で軽く手を洗うと、そのまま手でお湯を受けてゴクゴクと飲み始めた。さすがのセリーヌでも干し肉と黒パンのコンボは喉が乾くようだ。

「闇属性と無属性は使ったこともないよ」

ニコラ曰く、闇属性には周囲を暗くしたり、対象の能力を下げたりする魔法があるらしい。無属性には時間、空間、重力といった要素が関わってくるそうで、ギフトのアイテムボックスなんかを属性に当てはめるとすれば無属性になるのだそうだ。

どちらもいつどこで役に立つかもわからないし、使えないよりは使えたほうがいいんだろうけど、今はほかの属性の魔法も順調に上達しているので、あれもこれもと手を出すのではなく、今はある程度絞って練習することに決めている。

「んぐんぐ……お湯ありがと。つまり残りの五属性は一応なにかしら使えるわけでしょ？　それだけ器用なのに石弾《ストーンバレット》は使えないのねえ」

「今まで攻撃するような魔法は練習したことなかったし……。石弾《ストーンバレット》って石を相手に当てる魔法なんでしょ？」

俺は石を生成し動かしてみせる。石がスーっと動いて、マナが届かない距離まで進むと止まって落ちた。

「ほら、これ以上は届かないよ」

「……例えばだけど、私の火の矢《ファイアアロー》って、魔物に当てるところまでマナでコントロールしていると思ってる？」

「え？　そうじゃないの？」

セリーヌは手をポンと叩いて、

「なるほどねえ〜」

なにやら一人で納得したらしい。そして説明をしてくれた。

「例えば石ころをなにかに当てたい場合、手を伸ばしたところまでしか届かないわけじゃないでしょ？　石ころを投げることができるわ。そして投げるためには手を振りかぶって手を離すわよね？」

「あっ、そうか！」

セリーヌの言いたいことはわかった。マナですべてを動かすんじゃなくて、推進力を加えて離せばいいんだな。

俺はさっそく石を作り出すと、前に飛ぶようにマナを込めてみる。推進力は風属性のマナだ。これでどうだ？

——ボンッ！

石が爆発してしまった。

石の硬度が低すぎたか、もしくはマナを込めすぎたみたいだ。セリーヌがなにも言わずにこちらを見ている。今は好きにやらせるつもりなんだろう。

「次はいけそうな気がする」

それだけを口にして、もう一度集中する。もっと石を硬く、そして飛ばすのに必要な風属性のマナの量は減らしてみよう。そうだ、ついでに弾道が安定しやすいように、長細く、先端は尖らせ、底は平たい形がいい。

前世でよく知られる弾丸のような形だ。正直理屈はあまりよくわからないけれど、あれだけ前世で普及しているならきっとこの形がいいんだろう。なにより魔法はイメージが大事だから自分がいいと思うものが一番いいのだ。

「……よし」

弾丸が出来上がった。大人の親指大の大きさで弾丸状の石の塊だ。さっそくコイツを前に飛ばしてみることにする。狙いは川の中ほどに見える大岩だ。よおし、今度こそ当てるぞ！

俺はマナを操作し、手のひらの先に浮かぶ弾丸を解き放った。弾丸は俺の手から離れると、音も無く川の上を突き進む。

――バゴンッ!

三十メートルほど向こうの苔むした大岩のど真ん中に命中し、派手な音を立ててヒビが入ると四方に割れた。大成功だ!

「セリーヌ、できたよ!」

今度こそドヤ顔でセリーヌの方を振り向く。

「やったじゃない! やればできる子だと思ってたわ～!」

セリーヌが俺を抱き寄せて頭を撫で回す。俺の横っ面に柔らかいものが当たる。おっぱいってやっぱりイイネ。

「お兄ちゃんすごーい!」

ニコラも俺を祝福し、抱きついてきた――ように見せかけて、セリーヌに密着していろいろと堪能している。

『ぐへへ……。このボリューム感、たまりませんね……』

そういうのはわざわざ念話で言わなくていいからね。

まさか幼女にセクハラをされているとは夢にも思わないであろうセリーヌは、俺たちを撫で回しながら口を開いた。

「それだけの威力があれば、D級までの依頼に出るような魔物なら当たれば一撃かもしれないわね。

まぁコントロールを磨かないと、素材を消し飛ばしちゃうくらいの威力がありそうだけど」

「素材？」

セリーヌが俺の頭を撫で回すのを止めて答える。

「魔物はただ討伐するだけじゃなくて、骨や皮や血液やらいろいろと使えるのよ。中には食べられる魔物もいるからね」

「えっ、ゴブリンも食べたりするの？」

「いやいや、ゴブリンは食べないわよ！　……そうね、基本的に二本足で歩く魔物は食べないかしらん？　まぁ森で迷って食べるものに困った冒険者がゴブリンを食べて生き延びたなんて話も聞いたことはあるけど、普通は食べないものよ」

そういうものか。前世でもある地域では猿なんかを食べる方々もいたけど、普及していたとは言い難いし、本能的に自分たちと同じ二本足の魔物は避けるものなのかもしれない。

「そういうことだから、もし冒険者を目指すなら、採れる素材を意識して魔物を倒せるようになったほうがいいかもね。まっ、今の石弾《ストーンバレット》の威力だけでも、冒険者で食っていけるレベルだと思うけどね～」

大きく育つのよ～と俺の頭を最後にひと撫でして、セリーヌが立ち上がった。どうやら休憩は終わりらしい。セリーヌにくっついていたニコラも名残惜しそうに離れた。

「それじゃあそろそろ帰りましょうか。行きと違うルートを通るから気を抜かないようにね。さあ私についてきなさ～い」

セリーヌが声を上げて森に向かって足を進めると、俺とニコラはカルガモの親子のようにセリーヌについて歩き始めた。

第十話　鑑定能力

共有の休憩所を出発し、森の中を移動していると、ふいにセリーヌが立ち止まった。今度はしっかり周囲を警戒していたから、尻には当たらなかったよ。

「見て」

小声でセリーヌが指差す。小高い丘のようになっていたそこにゴブリンがいたが、今までのように木の棒や石を持っているのではなく、弓矢を持っていた。

「あんたたちも実際ゴブリンを見て思っただろうけど、ゴブリン自体はそれほど強くないのよ。でもたまにああいう弓持ちがいるのよね。あれはとても厄介。こちらが気づくより先に矢が放たれたら、ヘタすりゃそれだけでこちらがやられるわ」

たしかにそのとおりだ。自分の認識外からの攻撃は怖い。魔物だって真正面から殴りかかってくるやつらばかりではないのだ。ゴブリンが自分が思っていたよりずっと弱いと感じ始めていたのはたしかだし、気を引き締めないといけないな。

「ゴブリンって弓を作れるくらいの知能はあるの？」

「無いわよ。でも使うことはできる。冒険者が落としたり、彼らから盗んだものを使っているの。ああいうのを見かけたらなるべく駆除して武器を処分するのが冒険者の暗黙の了解ね。ま、今回はこっちが先に発見したから、あとは楽勝なんだけどね。マルク、倒してみる？」

「やる！」

セリーヌからゴーサインが出たので張り切って倒そう。石の弾丸にマナを込めてゴブリンに向けて発射する。ゴブリンに向かった弾丸は狙いよりやや下、腹の方へと飛んでいき――

――シュッ。

ほとんど音もなくゴブリンの腹を貫いてそのまま彼方へと飛んでいった。そしてゴブリンは腹を押さえて「なんじゃこりゃあ！」と言いたげな顔をしている。

貫通力が強すぎたせいか致命傷にはならなかったようだ。無駄にいたぶるつもりはないので、ダメ押しで三発同時に発射してみる。横一列に並んだ弾丸が、今度は狙いどおりにゴブリンの胸へと向かっていく。

ドゴッ！

先程と同じく弾丸は貫通していったが、今度は骨に当たったんだろう。今度は衝撃でゴブリンが数メートル後ろまで吹き飛んだ。

「なんか私の知っている石弾《ストーンバレット》と違うわ……」

セリーヌがボヤいている。おそらく本来の石弾《ストーンバレット》はこんなに貫通するものではないんだろう。もう少し石の硬度や速度を下げれば貫通はしなくなるとは思う。もしくは弾丸の先端を弾き飛びやすいように加工すれば殺傷能力が高まるかもしれない。

しかしそれだと倒した後の素材が痛みそうなので、数を撃って圧倒したほうがいい気がした。ゴブリンから採る素材はないだろうけど、せっかくなので今はこっちを練習しようと思う。


三人でゴブリンが倒れた場所まで歩き、着弾した箇所を観察する。最初に当たった腹部はさほど傷んだ様子もなかったが、胸のほうはパックリと花が開いたように抉られていて、そりゃあ死ぬよねといった有様だった。耳切り係と化した俺は、そのゴブリンから冷静に右耳を切って革袋に入れた。グロ耐性はどんどん高まりつつある。

ゴブリンの死体の近くにはとても立派な弓が落ちており、腰には矢筒まで備えてあった。

セリーヌが矢筒から矢を一本取り出して一瞥《いちべつ》し、なにやら顔をしかめると矢をこちらに見せた。

矢尻には黒いなにかが塗られているように見える。

「よりにもよって毒矢だわ。落としたか奪われたか知らないけどやっかいなものをゴブリンに与えてくれちゃっているじゃない……。どれほどの毒かはわからないけど、今回処分することができて良かったわね」

毒矢か。ついでに少し確かめたいことを思いついた。アイテムボックスを使った鑑定だ。

ちなみにセリーヌには、まだアイテムボックスのことを知られていなかった。もうセリーヌになら知られてもいいいと思うんだけど、最初に隠していただけに、告白するタイミングがね？

「セリーヌ、ちょっと矢を貸してちょうだい」

「うん？　いいけど、矢尻を触っちゃだめよ？」

うさんくさそうな目をするセリーヌから矢を借りる。そして目の前で収納してみせた。アイテムボックスの中では、《毒矢　ワイルドスネークの毒》と表示された。やっぱり毒の種類も鑑定できるな。こりゃあ便利だね。俺は矢を取り出してセリーヌに差し出した。

「ワイルドスネークの毒だって。強い毒？」

「ちょっ、あんた……」

セリーヌが目を見開いてこちらを見ている。最近呆れたような顔をするのはよく見ていたけど、ここまで驚いているのは浴槽に水を入れた時以来だな。

そしてセリーヌが大きなため息を吐いた。

「はぁ～、なんて子なのよまったく……。あんたアイテムボックスなんかも持っていたのね。しかも鑑定までできるということ？　そんな代物《しろもの》、私は初めて見たわよ。ほんと将来有望な子ね……」

「隠していてごめんね？」

「ううん、今は信用してくれたってことだから嬉しいわ。そんな信用あるセリーヌお姉ちゃんと結婚しない？」

『結婚してもいいですけど、私を養うのも忘れないでくださいね』

セリーヌジョークだ。スルーに限る。妹の念話もスルー。

「それでどんな毒？」

「相変わらず可愛げはないわね。……うーん、そうねえ。それほど強い毒じゃないわ。人間に当た

って も半日以内に対処すれば大丈夫」

なるほど。ちゃんと実在する毒なんだな。俺の知らない知識でも鑑定に出るとわかったのは大きな発見だ。

それにしても……。今日一日のセリーヌのリアクションを見ていると、俺はちょっと頑張ってる六歳児という範疇からは外れているんじゃないかと自分でも思えてきた。

これでも神様の言っていた少しは才能に恵まれるだろうという範疇に含まれるのだろうか。少し……なのかな？　うーむ、まぁ相手はなんといっても神様だし、人間とは認識のズレがあるのかもしれない。最初から付けてもらっていたアイテムボックスだって、どうやらレアな代物のようだしね。

しかし才能はともかく俺だって努力を続けているし、今はそこにしっかりと結果が伴っているというのは、さらにやる気を生み出してくれる。

前世では才能がなければなれない職業なんていくらでもあった。でも今の俺なら努力さえ続ければ、魔法の関わる職業ならなんだって手が届くのかもしれない。

これからもいろいろと体験して世の中を知り、魔法だってもっと鍛え上げよう。そしてやりたい仕事を見つけてやり甲斐のある人生を送るのだ。そのためにやれる努力はなんだってしよう。

せっかく神様がここまでお膳立てしてくれたんだ。人生を楽しむためにこれからも精一杯努力をすることが、神様へ感謝の気持ちを伝える一番の方法になるんじゃないかと思う。

セリーヌが弓と矢筒を燃やしているのを見ながら、俺は決意を新たにした。

第十一話　報酬

毒矢を鑑定した後、何度か見かけたゴブリンをセリーヌが倒して進みつつ、ついに俺たちは森から草原へと戻ってきた。

森ではゴブリンを石壁で圧殺したり、弾丸をぶっ放したり、アイテムボックスで鑑定したりと、いろいろと貴重な体験ができたと思う。今日の活動を提案してくれたセリーヌには後でお礼をすることにしよう。……そうだな、お風呂無料券のプレゼントなんていいかもしれない。なんとなく前世で母親に渡した肩たたき券を彷彿させるけど。

とはいえ、まだ職業体験コースは終わっていない。最後のお仕事、冒険者ギルドでの報告が残っているのだ。

◇◇◇

しばらく歩くとファティアの町の門が見えてきた。朝と同じように門番のブライアンがいる。向こうもこちらに気づいたようだ、軽く手を振ってくれたので振り返す。

ニコラが足早にブライアンに近づき、元気にご挨拶。

「おじちゃん、ただいま！」

「よお、嬢ちゃんおかえり。……ふむ、怪我も無く無事に帰ってこれたようだな。坊主、外はどうだった？」

「うん、楽しかったよ」

「そうか、そりゃなによりだな。セリーヌもごくろうさん」

「ふふ、大丈夫だったでしょ？　まぁ私は別の意味でちょっと疲れたけどね～」

町から出た時と同じく、セリーヌが手をヒラヒラと振りながら門を通る。俺たちもブライアンに手を振りながらそれに続いた。

ファティアの町に戻ってきた。昨日までは毎日眺めていた風景だ。しかしほんの数時間、森に出向いていただけなのに、なんだか懐かしい感じがする。町の外に出ただけで自慢する近所の子供たちの気持ちが少しわかった気がした。

「あんたたちの家の方が近いけど、先に冒険者ギルドへ行くわよ～」

家に帰ったらなんだかんだで面倒くさくなりそうだ。こういうことは先に済ませたほうがいいだろう。異論もないので頷いてセリーヌの後についていく。

大通りを進み、冒険者ギルドへ入る。飲食スペースを少し眺めたが、酔い潰れたおっさんはさすがにもういなかった。酔いが覚めて仕事にでも出かけたか、無理やり外に追い出されでもしたんだろうな。

昼過ぎはヒマな時間帯なのか、順番待ちをすることなく受付カウンターの前まで進んだ。朝と同じ黒髪美人の受付嬢が担当だ。

「ゴブリンを狩ってきたわよ。マルク、革袋を渡してあげて」

俺は大量のゴブリンの耳入り革袋をベルトから外して受付嬢に手渡す。腰に付けている時はそれほど感じなかったが、手に持つとずっしりと重かった。この中に切り取られた耳が入っているかと思うと、慣れたとはいえさすがに気持ち悪くなってくるので、あまり深く考えないことにしたい。

「はい、たしかにお預かりしました。数を確認しますね」

受付嬢が後ろに下がり、革袋をカウンターの奥にいた男性職員に手渡す。男性職員はこちらから見える位置にある石造りのテーブルに移動すると革袋の口を開き、その中身を一気にテーブルの上にあけた。こんもりとした緑の山の出来上がりである。

うへえ、慣れたとはいえ、あの大量の耳はインパクトがあるな。そしてさすがに冒険者ギルドの職員ともなると動じないものなんだなあ。彼は顔色ひとつ変えることなく耳の数を数え始めた。


しばらくして男性職員がカウンターにやってきた。そして空になった革袋をセリーヌに手渡し問いかける。

「こちらで確認したところ、ゴブリン討伐数は二十五となりました。よろしいでしょうか？」

「ええ。間違いないわ」

セリーヌが答えると男性職員は一礼してテーブルに戻り、耳を別の袋に入れてさらに別室へと歩いていった。あちらで耳を処分するかなにかをするんだろうな。

俺がそのまま男性職員を眺めていると、黒髪の受付嬢が俺とニコラに向かって優しい声で問いかけた。

「ねえ、君たち。ゴブリン一体で銅貨四枚なの。それじゃあ二十五体だと、銅貨何枚になるのかな？」

算数問題だ。算数だけど……。

「えーと、百枚！」

ニコラが元気に答えた。

「まあ正解！　すごいわね～」

即答するとは思っていなかったんだろう。受付嬢は口に手を当てて驚いている。六歳で掛け算は前世の教育でもなかなか達者なレベルだろう。この世界ではかなりの驚きを持って受け止められそうだ。

ドヤ顔をしながら受付嬢からの賛辞を一身に浴びているニコラから念話が届いた。

『森ではいいところを見せられませんでしたからね。この辺でひとついいところを……。あっ、ヘタレのお兄ちゃんより先に耳を切り落としたことを忘れてました』

耳の件は今になって思い返すと結構恥ずかしい。今後ネチネチと言われないことを祈ろう。俺はニコラの念話に無言で返した。

「あらあら、ニコラちゃんって、すごくかしこいのね～」

セリーヌがニコラの頭を優しく撫でて、受付嬢も一緒になってナデナデとする。美女二人にちやほやされてニコラはご満悦の様子だ。

「そうそう、この子だってすごいのよ。今日はゴブリンを二体仕留めたんだから」

セリーヌは俺の両肩に手を置くと、受付嬢に俺を紹介した。

「ええっ⁉　それって本当ですか？　どうやって？」

「ふふーん。それは言えないわねー。冒険者の詮索はしない、そういうもんでしょう？」

セリーヌがニヤニヤしながら答える。

「あっ、そうでしたね。失礼しました。……すごく気になりますけど」

受付嬢がこちらをチラチラと見る。セリーヌも自分から話を振っておきながら酷いな。まぁ変に話を広められても良いことはなさそうなので、黙っていてくれたほうがいいけど。


ニコラを満足いくまで撫でた受付嬢はその後テキパキと仕事をこなし、カウンターの上に報酬を置いた。銀貨十枚だ。

ちなみに銅貨は十枚で銀貨一枚。銀貨は十枚で金貨一枚という交換レートになっている。

俺の中のざっくりとした計算では銀貨一枚千円なので、朝から昼過ぎまでゴブリンを狩って日給一万円といったところなのか。とはいえ、あんまり前世の物価を当てはめても参考にはならないかもしれないので、気にしないほうがいいかもしれない。

とにかく一泊朝食付きで銀貨五枚のウチの宿屋で二泊すると、昼食や夕食分の食費で足が出るくらいの額ということだ。

一応は命もかかっている肉体労働なら安いと思うし、しかも毎回同じだけゴブリンが狩れるとは限らない。そう考えるとゴブリン狩りだけをやるのはワリに合わないと思える。冒険者ギルドでも不人気の依頼というのも納得だな。

なにかのついでにゴブリンを狩って換金くらいならちょうどいいのだろう。そういえばセリーヌは依頼を受けてからゴブリンを狩りに行ったけれど、依頼を受けていなければ換金はされないんだろうか。少し気になったのでさっそく聞いてみた。

「――そうねえ、見かけた時はついでに狩ってるけど、換金を断られたことはないわね。今回はあんたたちの経験になると思って依頼を受ける形にしておいたのよ」

セリーヌの答えに受付嬢が補足する。

「この町のゴブリン討伐依頼は町の治安を守るためのものですから、ほかの地域で狩ったゴブリンを持ってこられても困るでしょう？　ですから明らかに古くなった耳とか、この辺にはいないはずのゴブリンの亜種なんかの換金をお断りすることはありますよ。ゴブリンの耳は素材にもならないですから。素材になる魔物の買取は行ってますけどね」

なるほど。不正を行わなければ、ゴブリンの耳は買い取ってもらえるみたいだ。それと素材になるような魔物は依頼が無くても買い取ってもらえることもわかった。

「そうなんだ、ありがとう！」

俺が礼を言うと受付嬢がにこりと笑って「ちゃんとお礼を言えるなんてかしこいかしこい」と俺の頭を優しく撫でた。細い指で俺の髪を丁寧にかき分けてくれるのがとても気持ちいい。

セリーヌで慣れていたけど、初見の美人さんに撫でられるのもいいものだな！　さっき受付嬢に撫でられてだらしない顔を浮かべていたニコラの気持ちがちょっとわかってしまった。

「さて、それじゃあそろそろ帰りましょうか～」

ニコラも受付嬢にもう一度撫でられ、ひと区切りついたところでセリーヌが口を開く。俺たちの後ろには誰も並んでいないが、カウンターで長話するものでもないだろう。

俺たちは受付嬢と別れの挨拶を交わすと冒険者ギルドから立ち去った。空を眺めると昼の眩しさはだいぶやわらぎ、うっすらと夕暮れの気配を感じる。どうやら思っていたよりも長居してしまっていたようだ。

セリーヌは冒険者ギルドの建物の横に屈み込むと、懐から銅貨を取り出して俺に差し出した。

「はい、マルク。ゴブリン二体の討伐分。ほんとは銅貨八枚だけど初討伐のお祝いに十枚あげる。もちろんニコラちゃんと分けるのよ。報酬の分配も冒険者にとってすごく大事だから、あんたがよーく考えて渡すこと。わかった？」

「ありがとうセリーヌ。それじゃあ、はいニコラ」

俺は即座に半分の銅貨五枚をニコラに手渡した。

「お兄ちゃんありがとー」

ニコラが銅貨を服のポケットにしまい込むと、セリーヌはなにも言わずに微笑み、ゆっくり立ち上がって背伸びをした。

「ん～。さて、それじゃああんたたちの家に帰りましょうか。お風呂の準備をしてもらうわよ～」

よし、それならセリーヌは嫌がるかもしれないが、今日の風呂は無料サービスでご奉仕だ。そしてセリーヌが風呂に入っている間にお風呂無料券を作ってプレゼントすることにしよう。少しでも感謝の気持ちが伝わればいいな。

「セリーヌお姉ちゃん、ニコラも一緒に入っていいー？」

「いいわよ～。マルクも一緒に入る？」

「やることがあるから遠慮しとくね」

「あら？　なにをするのかしら」

「秘密だよー」

そんな会話をしながら、俺たちは自宅に向かって歩き始めた。

◇◇◇

家に帰ると、食堂のテーブルを拭いていた母さんが出迎えてくれた。母さんはなにも心配はしていなかったようだ。どちらかといえば父さんの方が心配していたようで、俺たちを見た瞬間に大きく息を吸い、とても長い安堵のため息をついていた。

セリーヌとニコラは一緒に風呂に入り、俺は今日の出来事を話しながら宿の手伝いをする。仕事が終わると遅めの夕食となるが、今日のお礼ということで家族の食事にセリーヌを招待した。そして今日一日体験したことを話しながら楽しい夕食を過ごした。

ちなみに木片で作った風呂無料券十個は、最初は固辞しようとしたセリーヌをなんとか説得して渡してきた。後はしっかりと使ってくれることを期待しよう。

第十二話　結成秘話

そして翌日。俺は日課である空き地の畑の世話に出向いた。昨日は空き地には行けなかったので、畑の様子が少し気になる。

ちなみにニコラは俺が家を出る時にはまだ寝ていた。起きていたなら誘おうかと思っていたけれど、寝ているのでそのまま寝かしておくことにする。特に用事もなく、朝なんだから起きろくらいの理由で起こすと機嫌が悪くなるんだよね。

空き地に到着し、まずは畑全体をチェック。どうやら昨日畑にしっかりと水を撒いてくれた人がいたみたいだ。ギルだろうか。

ちなみに魔法トマトはマナさえ与えておけば俺みたいな素人の農作業でもスクスクと育ってくれる。一日くらい水をやらなくたって普通に育つくらいだ。まぁマナを与えるっていうのが、普通なら難しいことみたいだけど。

畑の無事を確認した後は、いつものように畑に土属性のマナを注入して畑に栄養を送る。すると普段なら昼過ぎにやってくるギルが、珍しく朝のうちからやってきた。

「おお坊主、昨日は珍しく来なかったな。なにかあったのか？」

昨日空き地に行かなかったのを気にしてくれたのかもしれない。俺はマナを注入する手を休め、ギルに答える。

「セリーヌに町の外に連れていってもらったんだ。ギルおじさんに言っておけばよかったね。それと、昨日畑に水を撒いてくれたのはギルおじさんかな？　ありがとね」

「まあ一日くらい大丈夫だと思うが、手が空いてたし念のためにな。気にしないでいい。それと……セリーヌって言えば、坊主のところによく泊まってる黒ずくめの姉ちゃんか。見た目はともかく面倒見はいいんだな」

見た目はともかく、か。やっぱりセリーヌの見た目って、普通に革鎧を着たり帯剣している人がウロウロするこの町でも浮いているんだな……。

「うん、いつもお世話になってるんだ。それで昨日は初めてゴブリンを見たよ」

「ほう、そうか。ゴブリンを見てどう思った？」

「そうだね……魔物って怖いと思った」

「うむ、そのとおりだ。ゴブリンが弱かろうが魔物は本質的に怖いもんだ。それがわかれば上出来だな」

ギルが腕を組んで何度も頷く。ゴブリンをあっさりと倒すことはできたが、それとこれとは話は別だ。話の通じない魔物が悪意を持って襲いかかってくるというのは、それだけで思っていた以上にストレスを感じた。前世では似たような経験といえば、幼い頃に犬に追いかけられたくらいの出来事しかなかったしな……。それだって犬としてはじゃれるくらいの気持ちだっただろうし、あまり比較にはならないだろう。

殺す気マンマンで襲いかかってくる魔物と対峙しなければならない冒険者という職業は、腕っぷしだけではなく心も鍛えておかないとやっていけない職業だと思う。そういうのをほんの少しでも知ることができた昨日の体験は本当に有意義だった。

「この話はデリカ親分には内緒にしてね。また悔しがったりするかもしれないから」

「なに言ってるのよ！　もうそれくらいで悔しがらないわ！」

「げえっ親分！」

いつの間にか俺の背後にはデリカが立っていた。脳内ではジャーンジャーンと効果音が鳴り響いている。

「げえってなによ……。少し前に家の手伝いで父さんと一緒に近くの村まで行ったことだってあるし、もうそういうので悔しがったりするような歳じゃないわ！」

デリカが赤毛のポニーテールを振りながら胸を張る。

「あっ、そんなことよりも！　一昨日ジャックとやりあったそうじゃない。大丈夫だったの!?」

「あれ？　なんで知っているの？」

「昨日、『月夜のウルフ団』の巡回中に偶然ジャックと会ったのよ。いつもなら喧嘩を吹っかけてくるか、からかってくるのに様子がおかしかったもんだから、しつこく聞いてみたのよ。するとあんたに決闘で負けたんだって言いながら走って逃げていったわ！」

ジャックも敗北の心の傷が癒えぬ間に大変だったようだ。

「そうなんだ。僕は平気だったよ」

「ふーん、さすがねマルク！　これでしばらくはジャックも静かになりそうね」

「へえ、坊主が喧嘩をねえ。普段はおとなしいのにやる時はやるもんだな。どうやったんだ？」

ギルが興味深げに聞いてくるので、俺は土魔法で身動きを取れなくして降参させたことだけを説明した。パンツを下ろした件は彼の名誉のために言わなかったよ。

「マルクの魔法ってやっぱりすごいのね！　ユーリもいつもすごいすごいって言ってるわ！」

デリカの陰に隠れていた弟のユーリが顔を出してコクコクと頷く。いたのか、ユーリ。

以前からたまにユーリからの熱い視線を感じていたけど、アレって魔法を見ていたんだな。ニコラから俺にほのかな恋の対象が移ったとかじゃなくてよかった。

「ユーリだってすごいよ。この前教会で見たけど、もう親分たちと同じ勉強しているんでしょ？」

ユーリは俺の一つ上の七歳、デリカは十歳だ。

「……勉強、好きだから」

ユーリが照れたように呟く。

「ユーリは教会で本を借りて家でも読んでるのよ！　それであんまり家に閉じ籠もりすぎだから、あたしが『月夜のウルフ団』を結成してユーリを外に連れ出すことにしたの！　町の巡回に同行させるようになって、ユーリも前より体が丈夫になったのよ！」

思わぬところで結成秘話が聞けたな。あ、そうだ。教会と言えば……。

「そういえばジャックと決闘する時、教会の裏庭で畑を見たよ。マナも感じられたんだけど、あれって教会で作ってるんだよね？」

「あれはシスターのリーナさんが育てているものね。孤児院の食事に使ったりしているって聞いたわ！」

リーナは二十代半ばのシスターさんだ。先日の教会学校でも勉強を教えてもらった、笑顔が素敵な女性である。

「そうなんだ。ちょっと見ただけだけど、キャベツとキュウリが植えられてたよ。今度詳しい話を聞いてみようかな」

「最初に焚き付けたワシが言うのもなんだが、その歳で畑に興味を持つとは変わっとるな」

ギルが呆れたように苦笑いを浮かべたが、野菜のバリエーションが増えれば食卓のメニューも増えるし、なによりマナの含まれた野菜は前世と同じ物でも格別の味になるのを魔法トマトで実感している。やるなと言われてもやりたいくらいなのだ。

俺は次回の教会学校でリーナに聞きたいことを考えつつ、畑へのマナの注入作業を再開した。

第十三話　教会の畑

今日は光曜日。待ちに待った教会学校の日だ。俺はニコラと一緒にデリカの家に出向き、そこでデリカ姉弟と合流、教会へと向かった。

「今日は楽しみだなあ」

俺が思わず口にすると、前を歩いていたデリカが期待に満ちた眼差しでこちらに振り向いた。

「ふふっ、畑の件ね？　次になにかを植えるなら、あたしは果物がいいと思うわ！」

「それは親分が食べたいだけなんじゃないの？　というか、教会の畑には果物は無かったと思うよ」

「そうなの？　うーん残念ね」

赤毛のポニーテールがへんにょりと揺れた。

そもそも家庭菜園レベルで果物って育てられるのかな。まぁ魔法ならなんとかなるのかもしれないし、リーナにその辺の話も聞ければいいな。

◇◇◇

教会に到着し教室の中に入る。少し周辺を見渡してみたけれど、そこにジャックの姿は無かった。やっぱり先週の件が尾を引いているのだろうか。さすがに登校拒否のようなことになると、俺としても罪悪感が芽生えてしまうんだが……。とりあえず今は様子を見よう。

しばらく教室で座って待っていると、シスターのリーナがやってきた。その後ろからジャックがやってきて、すばやく教室の後ろの方に座る。どうやら授業が始まるまでどこかに身を潜めていたようだ。俺は人知れずほっと胸を撫で下ろした。

そして本日の授業が始まる。まずは先週と同じく積み木を使っての文字の勉強からだ。文字はギフトのおかげで読むことは簡単にできるのだけれど書くことは難しい状態なので、読みに特化したこの勉強法は俺にはあまり効果が無いように思える。とはいえ、俺とニコラのほかにも六歳児は数人いるので、空気を読んで同じように積み木で文字を作って勉強をした。同世代であまりに勉強のできすぎる子がいると、自信を無くすか、それとも俺に頼りすぎるようになるか。どちらにしろ勉強を習いに来ている子供たちに悪影響は与えたくない。

読みの練習の後は算数の授業だ。先日は冒険者ギルドであっさりと掛け算を解いたニコラだったが、ここでは指を使って足し算をして、リーナに指を使わないようにやさしく注意されていた。相変わらずあざとい。

算数が終わると昼食の時間になった。昼食は各自で用意することになっている。寄付金があるとはいえ、給食を振る舞うほどの余裕は教会には無いようだ。

俺とニコラは先週に引き続き今日も父さんが弁当を作ってくれたので、外で弁当を食べられる場所を探しに、教会周辺を少しうろついてみた。

先週と同じように教室で食べても良かったんだが、天気がとても良かったので今日は外で食べたい気分だ。教会正面の石段や隣接された孤児院など、あちこちうろついた結果、結局先週決闘をした裏庭が良さそうだったと思い、そちらに足を運ぶことにする。

裏庭に入ると先客がいた。ジャックだ。大きな木にもたれながらパンを食べていたジャックは、俺たちに気づくとそれを急いで口に詰め込んだ。そして当然のように喉に詰まったらしく必死に胸を叩いている。

「大丈夫？　水あげようか？」

「ンググ……プハッ……。い、いらねえっ！」

　ジャックは肩で息をしながら足早にこの場を去っていった。うーん、どうやら避けられているみたいだなあ。

　元々ジャックから喧嘩を吹っかけてきたんだし自業自得だとは思うんだけれど、俺のパンツ下ろしと兄のラックによる羞恥責めは、一週間くらいでは立ち直れないほどの精神的ダメージを彼に与えてしまっているようだ。

「ジャックは少し気にかけておいたほうが良さそうだな」

「そうですね。私の可愛さが生み出した悲劇ですし、少し不憫《ふびん》な気もしてきました」

　ラックに無理やり言わされたとはいえ謝罪もあったし、彼も十分酷い目にあったと思うので、俺としては根に持つほどのことではない。周囲に迷惑を掛けない程度で以前のように元気に戻ってほしいものだ。


　俺たちは裏庭の隅っこに陣取ると、そこを昼食スペースにすることに決めた。まずは魔法の練習も兼ねて机と椅子を作ってみた。

　そして満足のいく出来栄えの椅子にニコラと二人で腰掛けると、アイテムボックスから弁当箱を取り出した。一応アイテムボックスを見せびらかさないように、肩には大きめの鞄も引っ掛けているのだが、弁当箱はここには入れていない。アイテムボックスの中は時間が進まないみたいなので、このほうが食べ物が傷まなくて都合がいいのだ。それにどれだけ派手に動いても、弁当の中身が偏ったりもしないしね。

一つにまとめられた二人分の弁当箱を開けると、中にはチーズとハムとレタス、茹でた鶏肉とトマトとレタスを挟んだ白パンが二個ずつ入っていた。白パンのサンドイッチである。中のトマトはどうやら魔法トマトのようだ。俺はいまだに普通のトマトは苦手なので助かるね。

俺は鞄の中から木のコップを二つ取り出して水魔法で水を注ぐ。母さんには水筒を持っていかないのかと尋ねられたのだけれど、なるべく水魔法の練習をしたいので断ったのだ。水を注いだコップをニコラに一つ手渡すと、さっそく二人で食べ始めた。

「お兄ちゃん、今日の授業はいまいち集中できてなかったようですけど、勉強のレベルをもう少し上げてもらうのはどうでしょう?」

「うーん、そうだなあ。ユーリもデリカと同じ授業受けてるし、飛び級はいけるんだろうけど……」

教会学校で教えてもらえる、読み書き計算と宗教教育のうち、俺に必要なのは書くことくらいだ。

「でもこのままでいいや。そもそも飛び級しても読みと計算で習うことが無いのは変わらなさそうだし、読み書き計算以外にも教会学校で勉強になることはあるから不満はないよ」

ふとした話からこの世界の常識や考え方なんかを学ぶこともあるし、決して無駄にはならないのだ。それに同世代の子供たちと一緒に過ごすことは、ついつい大人ぶってしまう俺にはいい教材になってくれるしね。

「そうですか。まぁ勉学で身を立てるなら、教会学校の飛び級どころか領都にある学園にでも行かないといけませんしね」

領都かあ……。このファティアの町は、領都に繋がる幾つかの宿場町のひとつでしかない。いつかは領都にも行ってみたいものだ。

そんな話をしているうちに弁当を食べ終わった。そのまま椅子に座って食休みをしていると、ジョウロ片手にシスターのリーナ先生がやってきた。どうやらこれから畑に水を撒くようだ。ちょうどいい機会なのでリーナに声をかける。

「リーナ先生、畑のお世話をするなら見学してもいいですか？」

「あらマルクさんニコラちゃん。それはいいですけど……。こんなところにテーブルと椅子あったかしら？」

リーナが人差し指を顎に添えて首を傾ける。かわいい。

「あっ、ごめんなさい。すぐ消しますね」

俺がマナを分解するように働きかけるとザァッという音が響き、テーブルと椅子は一瞬で砂へと変化した。リーナが口に手を当てて驚いているように見えるが、スルーしたほうがいいかな。今は俺の話よりも野菜の話をしたいのだ。

「……マルクさん、魔法がお上手なのね」

「はい！」

元気に一言だけ答えてリーナに近づく。そして先週はしっかりと見れなかった畑を見学した。

栽培してるのはキュウリとキャベツ、それと先週は見落としていた、正露〇みたいな黒い実が連なった植物だ。

地面に落ちていた黒い実を拾い、臭いを嗅いでみる。なんだか苦そうな臭いがする。というか、どっかで嗅いだことがあるような……？　俺はリーナに尋ねてみた。

「リーナ先生、この実はなんですか？」

「これはドギュンザーですよ」

ドギュンザー！　これが母さんが隠し味に入れたがる悪魔の実の正体か！

第十四話　畑トーク

「ドギュンザー！」

思わず声を荒げてしまった。リーナが目を丸くしてこちらを見ている。ニコラはドギュンザーと知った瞬間に目が死んでいた。

「は、はい。そうですよ、ドギュンザーです」

俺は少し引き気味のリーナに改めて問いかけた。

「……えーと、ドギュンザーってこんな植物だったんですね」

「ええ、そうですよ。乾燥させて粉末にして水と一緒に飲むと、発熱や喉の痛みに効くのです」

風邪に効く生薬みたいなもんだったのか。そんなものを調味料で入れるのは良くないよね。今度改めて母さんに忠告しよう。

「でも怪我には効かないので、マナの含んだ薬草を森に採りに行ったりもしているのよ」

「あっ、ラングに聞いたことがあります。孤児院のみんなで外に薬草採りに行くって」

「あら、ラングさんとお友達なのね。森は深くまで立ち入らなければそれほど危険ではないのですが、それでも安全ということもありませんし、ここで栽培ができればいいんですけど、どうやら森でしか育たないみたいで……。また今度採りに行かないと」

リーナはほう、とため息をついて頬を手を添えた。なるほど、マナを含んだ薬草は畑じゃ育てられないのか。

少し畑の土を摘んで調べてみる。……マナは感じるけれど、豊富な量とは言い難いな。さっきテーブルから崩した砂の方がマナを含んでいそうだ。リーナはそれほど魔法は得意じゃないのかな？

「リーナ先生。この畑からマナを感じるけど、これは先生がやっているんですか？」

「ええ、そうです。……でも私よりもマルクさんの方が魔法は得意なのかもしれませんね」

さっき崩したテーブルと椅子の残骸を見ながら、リーナがこちらを見てにっこりと微笑む。

「あ、良かったらその砂を畑に使ってみますか？」

「まぁ！　ありがとうございます。それではさっそく入れ替えてみますね！」

リーナは手を合わせて喜びの声を上げると、すぐに畑の横に備え付けていた小さいスコップで畑の土をいじりはじめた。その横顔はとても楽しそうだ。収穫物は孤児院で消費しているみたいだけど、趣味と実益を兼ねているんだろうなあ。

それにしても薬草か……。俺が畑にマナをガンガンと注ぎ込んだら森以外でも育てることができないかな？　魔法パワーでなんとかなりませんかね？

試しに薬草採りに同行させてほしいけど、孤児院の部外者である俺を連れていってくれるとは思えない。今日のところは畑トークをするだけにしておこう。

「リーナ先生、僕は空き地で魔法を使ってトマトを育てているんですけど、あまり栽培について詳しく知らないんです。よければ畑や野菜についていろいろと教えてもらえませんか？」

俺の問いかけにリーナは顔をほころばせて答える。

「まぁ、マルクさん。そのお歳で魔法で大地の恵みを育てているだなんてすごいですね！　私が知っていることで良ければ教えてさしあげますよ。……そうですね、まずはこのキャベツなのですが、害虫に食べられやすいので小まめにマナを込めた土に入れ替えて――」

◇◇◇

昼休憩の間、俺とリーナはひたすら栽培について語り合った。やはりリーナは家庭菜園が趣味のようで、俺のような子供相手でも熱心にいろいろと教えてくれたのだ。同好の士を見つけたような気分だったのかもしれない。その間ニコラはそっちのけだったのだが、ニコラはニコラで楽しそうに栽培について語るリーナを見て眼福といった様子だった。たしかにちょっと早口で語り続けるリーナはかわいかったね。

休憩の終わり際には、キャベツとキュウリの種も分けてもらえた。これはさっそく明日にでも空き地で蒔いてみようと思う。ドギュンザーも手渡されそうになったが、そちらは丁重にお断りした。

そして午後の授業。宗教教育のお時間だ。

実際に神様に会ったことがある俺からすると、一番微妙な授業である。ここで崇められている神の像は女性を象《かたど》っているけれど、俺がお世話になった神様とは別人なんだろうか。

それとも上司だったり部下だったり？　別系統の神？　教会が作り上げた空想の産物？　いろいろと気になったりもするが、あまり深くは考えないほうがいい気がする。ニコラにもあえて聞かない。知ったところで手が届かないものだ。俺は俺を転生させてくれた神様に感謝と祈りを捧げれば、それでいいのである。

そして最後は賛美歌を歌って今日の教会学校は終わりだ。生徒がバラバラと教室から出ていくのを見届ける。ちなみに「せんせーさよーなら、みなさんさよーなら」なんて言う慣習はここにはなかった。

俺は一緒に下校予定のデリカたちに少し待ってもらうと教室を見渡し、孤児院に帰ろうとするラングを捕まえた。ラングは茶色の短髪の九歳。早くも身長が伸び始め、ウルフ団では一番の高身長だ。

「ねえ、ラング。今度また薬草を採りに行くんでしょ？　その時に一株でいいから薬草を根っこから掘ってきてもらえないかな？」

「ん、薬草？　……ああ、空き地で育ててみたいのか。シスターは栽培には向いていないって言ってるけど……。まぁお前なら育ててしまうかもなあ。いいよ、持ってきてやるよ」

さすがいつも魔法トマトを育てているのを見てるだけあって、ラングは察しがいい。

「ありがとう。今回は観察しやすいように家の隅で育てようと思うんだけどね」

「そうか。もし増やすことができたら孤児院にもおすそ分け頼むな！」

「うん、いいよ！　それで次はいつ頃行くの？」

「そうだな……。今はいろいろと立て込んでるから、たぶん一ヶ月くらい先になるんじゃないかな。急いでいるのか？」

「そっかー。早く試したいとは思うけど、別に急がないから大丈夫だよ。それじゃあその時はお願いするね」

「ああ、任せてくれ。……っと、それじゃあ帰るわ。今日はこれから孤児院の掃除があるんだよな～」

ラングは面倒くさそうに頭を掻くと、背を丸めながらトボトボと歩いていった。さて、それじゃあ俺も帰るとするか。俺は待ってくれていたデリカたちの元へと駆け寄る。途中で離れたところにいたジャックと目が合ったが、彼はすぐに目線を切って教室から出ていった。早く立ち直ってくれればいいんだけどな。

第十五話　早起き

リーナに野菜の種を貰った翌日。

普段よりも早く目が覚めた。隣のベッドではニコラがまだ寝ているが、起こさないように子供部屋をそっと抜け出る。

一階に降りて厨房に行くと、父さんと母さんが朝食の準備をしていた。

「あらマルク。今日は早いのね」

「うん。朝食を食べたら昨日もらった野菜の種を植えに行ってくるね」

白パンが積まれたカゴから一つ掴み取りつつ、母さんに答える。昨日は教会学校から帰った後あまり時間がなかったので、いつもの畑の世話だけに留めておいたのだ。今日はじっくりとニュー野菜を植えてやろうと思う。

「はーい。でもその前に店前だけ掃除しておいてね」

「うん、わかった。それじゃ行ってくるね」

俺は白パンを咥えながら食堂へと入った。食堂は誰もおらずガランとしている。さすがにこの時間帯に朝食を食べに来る宿泊客はいないようだ。

食堂の扉を開けて外に出ると、まだ白んだ空の澄んだ空気が肌を包みこむ。今ここで深呼吸でもすればさぞかし気持ちがいいのだろうけど、白パンを食べているので諦めた。

表通りに人はまばらだ。白パンを噛みながらなんとなく眺めていると、少し離れたところで門に向かって歩く背中が目に入った。ジャックと同じような背格好の少年だ。

普通あれくらいの見た目の少年ならまず門で止められるのだろうが、冒険者ギルドに登録していると通行が許可される。あの少年はこれから外で仕事なのだろう。さて、俺も突っ立ってないで自分の仕事をしようか。俺は白パンの最後の一口を飲み込むと、箒を取りに裏庭へと足を進めた。

◇◇◇

それから店の前を掃除して、空き地に出かけて畑に新しい種を植えた。マナを含んだキャベツとキュウリがどんな味になるのか楽しみだ。もしかしたらドギュンザーもマナを含ませれば美味しくなるんだろうか。……いや、それはないな。

俺は昼まで空き地で過ごし、昼になったら昼食を食べるために家に帰った。昼食を食べた後、さすがに起きていたニコラを連れて再び空き地に行こうと家の外に出たところで声をかけられた。

十五歳前後の、まだ顔にあどけなさを残す冒険者風の少年――ジャックの兄のラックだ。

「よお、マルク。ジャックがこっちに来てねえか？」

「いや、来てないよ？」

というか昨日の様子を見るからに避けられているようだし、来るはずはないと思う。

「そうか。いやな、俺が起きたらジャックの奴がもういなくてよ。それくらいで心配するような歳でもねえんだが……。今日は週に一度の朝から俺が剣の練習に付き合う日で、あいつはそれを毎週楽しみにしてんのに、すっぽかしたもんだから少し気になってな。それでまたお前らにちょっかいでも出してるのかと思って見にきたんだが」

どうやら俺たちの心配もしてくれたらしい。この間はあっという間に帰ったのでよくわからなかったが、面倒見のいい少年なのかもしれない。……あっ、そういえば。

「そういえば、朝早くにジャックに似た背格好の子を見たよ。その時は違うと思ったけど、もしかしたら本人だったのかな」

「そうか。どっちに向かってた？」

「門の方だよ」

「外に行ったのか？　あいつはギルドに登録は済ませてはいるけどよ、外に出るときは俺がついていくと約束しているんだが……。とりあえず門で話を聞いてみるか」

「僕もついていっていい？　なんだか気になるし」

「おうわかった。行くぞ」

俺とラック、それとニコラが門に向かって歩を進める。門にはすぐに到着した。徒歩三分の距離だ。

「よう、珍しい組み合わせだな？」

門番のブライアンが槍を片手に手を上げた。

「ブライアン、俺の弟を見なかったか？」

ラックが手を上げ返しながら、単刀直入に尋ねる。

「ジャックか？　森に薬草を採りに行くって言っていたぞ」

「えっ、薬草？」

俺は思わず声に出した。

「どうした？　なにか気になることでもあるのか？」

ラックが俺に問いかける。

「昨日教会学校で、薬草を一株欲しいって友達と話をしていたんだ。一ヶ月後になりそうなんで、それまで待つって話だったんだけど……」

「そうか、もしかしたらそれを聞いていた可能性があるな」

あの時、教室にはジャックもまだ残っていたし、もしかしたら耳に入っていたかもしれない。

「でも昨日もずっと避けられてたし、僕のためにそんなことしないんじゃないかな？」

「……あいつはお前に負けて悔しかったんだよ。少しいいところを見せたかったのかもな」

ラックが苦い顔で呟く。たしかに四つ歳下の俺に負けたとなると、どうにか名誉挽回するために行動を起こすかもしれない。仕返しを考えない分、性根はいい子だと言えるが今回に関して言えばマズい気がしてきた。

「しかし……、薬草を採りに行くだけにしては帰りが遅いな」

ブライアンが思案顔で顎を擦る。

「……もしかしたら、森の奥に生えている上等な薬草を採りに行ったのかもしれねえ。一度あいつに話したことがある。クソッ！　あの辺りはゴブリンだけじゃなくコボルトもいるって教えただろうが……！」

コボルト。二足歩行する犬型の魔物だ。森から出ることはないらしいが、ゴブリンよりも戦闘能力は高いとセリーヌに聞いたことがある。

「……しゃあねえ。ちょっと行ってくるわ」

ラックは頭を掻き、すぐさま門を抜けて外へと向かった。

とっさに俺もついていこうと一歩足を踏み出すと、ブライアンに肩を掴まれる。

「ラックに任せとけ」

ブライアンは俺の目を見つめて言い切った。きっとブライアンは俺が外に出るのを許可しないだろう。俺はコクリと頷き、門から引き返した。

◇◇◇

俺は路地に入ると外壁沿いに走った。そして人気《ひとけ》のない場所を見つけると、土魔法で階段を作る。

「――行くんですか？」

ニコラの声だ。ニコラがいたことをすっかり忘れていた。

俺がその声に振り返ると、ニコラが表情を無くした顔で立っていた。いつもは猫を被った演技や、俺にズケズケとものを言う態度など、なかなか表情が豊かなニコラだが、無表情となると整った顔立ちが相まって、まるで等身大の人形のように見える。

「ああ、行く」

「どうしてですか？　ラックに任せておけばいいのでは？」

「そうだな。でも万が一ということがあるかもしれない」

「六歳児のお兄ちゃんが、冒険者のラックの力になれるのですか？」

「なれるよ。そのくらいの力はあると、最近少しは自覚しているんだ」

「危険ですよ？　ラックは駆け出し冒険者です。セリーヌみたいに私たちを守ってくれる余裕はないかもしれません」

「そうだな。怖いよ」

「なら放っておいてもいいのでは？　言っちゃあなんですけど、お世話になった人ではなく、いじわるしたガキ大将ですよ」

「そうだな。でも俺が教室であんな話をしたせいなのかもしれない……そう思ってしまったらもう駄目なんだ。もしジャックの身になにか悪いことが起きてしまえば、それをずっと引きずったまま歳を重ねてしまいそうだよ。それって酷い話だろ？　俺はまだこんなに若いのにさ」

少しおどけたようにニコラに笑いかける。ニコラの表情は変わらない。

「だから今回は勇気を出して頑張ってみるよ。もちろん万全を尽くすつもりだ。……ということで、ニコラもついてきてくれない？」

もう一度笑いかけた。ニコラはじっと俺を見つめ――深いため息をついた。

「はぁーー、わかりました、わかりましたよ。私はサポートですしね、ついていきますよ。こんな

ところで若死にされると上司に叱られそうですしね」

「ありがとう。それじゃあさっそくだけど行くよ」

「はい。でもパパママを心配させるのは駄目ですからね。夕食の時間までには帰ってきましょう」

俺はニコラに頷くと、土魔法で作った階段を駆け上がった。そして外壁の上に飛び乗って辺りを見渡す。ラックが足早に森へと向かっているのが見えた。

「ラック兄ちゃん！」

大声で呼びかける。ラックが立ち止まって振り返ると、壁の上にいる俺を見上げて驚いたように目を丸くした。

「なっ……！　おまっ」

「僕も連れていって！」

俺はラックの返事も待たずに壁から外へ飛び降りた――ら格好もついたんだろうけど、怪我しそうな高さなので階段を作って壁の向こう側へと降り立った。

第十六話　再び森へ

俺とニコラがラックの傍まで駆け寄ると、彼は腰に手を当てなにかを言いたげな顔をしたが、

「……自分の身は自分で守れよ」

その言葉だけを言い放ち、森に向かって歩き始めた。

ラックにとっての早歩きは六歳児にはキツいところだが、速度を落としてくれとは言える状況じゃない。俺たちはラックの背中を必死に追いかけた。

◇◇◇

しばらくして森へと入った。まだ日中なので草原は眩しいくらいに明るかったけれど、森の中は木々に生い茂った葉が日差しを遮り、幾分暗く感じる。

ここからは慎重に進むことになる。ジャックのことは心配だが、なるべく邪魔なゴブリンに見つからないようにすることはもちろん、ジャックを捜索しながらの移動になるからだ。

気を引き締めたところで、なんだかムワっとした熱量を感じて後ろを振り返る。するとそこには汗にまみれて肩で息をしているニコラがいた。俺よりも外に出ないから体力がないんだろうな、コイツ。

俺はアイテムボックスからタオルを取り出してニコラに手渡す。ニコラは無言でタオルを受け取ると額の汗を拭い始めた。

「アイテムボックス持ちかよ……」

その声に顔を向けると、ラックは口を半開きにしながらこちらを眺めていた。そして我に返ったように口を引き締め、「そろそろ行くぞ」と、けもの道を進み始めた。

「ま、待って」

少し進んだところでニコラが声を出す。まだタオルを手にしてフーフーと息をしている。

ラックは振り返り、ニコラに諭すように語りかけた。

「休憩するよりも、今なら二人で森の入り口に引き返して待っていたほうがいいぞ？　戻ってきた時にちゃんと回収してやるからな」

ニコラはなにも答えず、ラックの背後、十数メートル先の茂みを指さす。

俺とラックが指の先にある茂みをよく見ると、そこにはゴブリンがいた。このまま進めば鉢合わせしただろう位置だ。

「ゴブリンが潜んでやがったのか」

ラックが剣を片手に臨戦体制に入ろうとする。

「いいよ。僕がやる」

俺は石で出来た弾丸――石弾《ストーンバレット》を縦横三列の九個作り出し、ゴブリンに向けて撃ち放つ。

貫通してしまうため当たりどころによっては一発では即死はしないだろうが、九個のうちいくつかがまともに当たればさすがに死ぬだろう。自分の身の安全もかかっているのでここは確実に仕留めたいところだ。

俺が撃ち込んだ弾丸は、狙いどおりに九個全て命中した。こっそりと空き地の隅で練習していた成果は出ているようだ。

さすがに全弾当たると威力も相当あるのだろう。ドンッと衝撃音の後にゴブリンは右胸から下腹部を吹き飛ばしてゴロゴロと派手に転がり、やがて動きを止めた。

ラックは俺とゴブリンの死体を交互に見て、それから呆然としながら口を開く。

「お、おう。すごいなお前。そりゃあジャックじゃ勝てるわけねえな……。アイツを見つけたら今後はお前を絶対に怒らせないように言い聞かせておくことにするわ。あんなの当たったら死んじまうからな」

セリーヌの時といい、俺がジャックにぶちかます前提になってるのが解せない。


それからしばらく進むと、再びニコラが俺とラックを呼び止める。指が指し示す方向には弓持ちのゴブリンがいた。

同じく石弾《ストーンバレット》を撃ち放ちゴブリンを仕留める。弓を回収するのが流儀だと聞いてはいるが、今回は時間短縮のために放置することにした。

その後もニコラがゴブリンを見つけ、俺が撃ち殺しながら進んだ。すべてがゴブリンに見つかる前に発見してからの先手の狙撃だったので、ずいぶん楽に進めたと思う。

ニコラが何気に魔法が上手いのは知っていたので、きっと役に立ってくれると思って同行をお願いしたけれど、索敵なんかもできたんだな。どうやっているのかわからないけど。

そしてまたニコラが前方を指し示した。ゴブリンの姿は見えないが……。

「あそこにゴブリンの死体があるよ」

指し示す方に歩いていくと、たしかにゴブリンの死体が見えた。俺たちはコクリと頷き合って死体に近づく。

ゴブリンは腹を裂かれ右耳を切られていた。それほど土で汚れてはいないので、死んでからまだそれほど経ってないと思われる。だが、顔には白っぽい粉がたくさん付着していて、まるで飴《あめ》食い競争で粉の中に顔を突っ込んだみたいになっていた。なんだこれ？

「やったのはジャックだな。やっぱりこの森の中を進んでいるみたいだ」

ラックは腰に備え付けた小物入れから白い玉を取り出してみせた。

「俺が魔物の目潰しに使っている玉だ。これを顔にぶつけてやると、目潰しの粉が舞い散ってしばらく目が見えなくなる。ジャックにもいくつか持たせていた」

そして苦虫を噛み潰したような顔で前を見据える。

「チッ……行くぞ」

ラックの声を合図に、俺たちはさらに森の奥へと足を進めた。

◇◇◇

しばらく進むと、以前セリーヌと利用した川の近くの共有休憩所にたどり着いた。

「この川の向こう側がコボルトのナワバリだ。この先に上質な薬草の群生地があるんだって、ジャックにポロっとこぼしちまったんだよな……」

ラックは後悔をごまかすように首の後ろをバリバリと掻いた。

「川を渡るぞ。足を滑らせないように注意しろ」

「あっ、ラック兄ちゃん、待って」

ラックが川の浅いところを歩いて進もうとしたので呼び止める。足元を濡らしたままではこの先の行動に支障がないとも限らない。怪訝な顔をするラックの前で土魔法を行使した。

川の中で石を隆起させ、直径五十センチほどの飛び石を作る。それを川を横切る形で等間隔に並べていく。

「この上を渡っていこ？」

「あ、ああ……」

ラックが飛び石を渡りながらボヤく。

「ジャックに聞いたときは話半分だったんだが、ここに来て実感したぜ。お前ら兄妹はとんでもねえな……」

バンバンとゴブリンを撃ち殺していた俺だけではなく、ニコラもとんでもないに含まれているようだ。つまりニコラの魔物を感知する能力はラックも舌を巻くレベルということだろう。

ラックに少し引かれている自覚もあるけれど、ジャックの、そして自分の命がかかっているのだ。自重するなんてもってのほか、今回はやれることは全て出し切りながら進むのだ。普段のあざとい演技を止めて、黙々と索敵を続けているニコラも同じ気持ちなんだと思う。

「なあ、コボルトについてはどれくらい知っているんだ？」

飛び石に乗り移りながらラックが問いかける。

「ゴブリンより強い犬型の魔物……くらいかな」

「……そうか。あいつらはゴブリンより強いが武器は持たない。武器を使うくらいの知能はあるようだが、それよりもその牙や爪がすでに武器になっている」

「そしてゴブリンよりも群れとして動くことを得意としている。追い詰めたつもりが、いつの間にか囲まれていたなんていうのも、俺たち冒険者の間ではよく聞く話だ。常に周囲を警戒して行動してくれよ」

ラックの忠告を聞いているうちに川の向こうへとたどり着く。こうして俺たちは川を渡りコボルトのテリトリーに侵入した。

第十七話　コボルトの森

コボルトの領域を慎重に進む。川の反対側に来ただけなのに、手前の森よりも妙に静かで空気も冷たく感じる。

しばらく進むとニコラが俺たちに呼びかけて指を差した。その先に見えるのはコボルトだ。大きさは人間の大人よりは一回り小さくが、俺よりは大きい。茶色の犬が直立したような姿で腰にはボロ布を巻いている。

犬猫では断然猫派だし、前世で犬に追いかけられたことのある俺としてはあまりお近づきになりたくない魔物だ。

だからという訳ではないが、初見の魔物ということでもう少し情報を得たいところだ。じっとコボルトを見つめるラックに声をかける。

「ラック兄ちゃんならコボルトをどうやって倒すの？」

「ん？　ああ、さっき言ったとおり集団行動が得意だからな。騒がしくしていると仲間がすぐにやってくる。気づかれねえように、背後から近づいて一気に首を切り落とすのが一番ラクだな。ま、ちょっと見とけ」

ラックは鞘《さや》から剣を取り出すと、死角に回り込みながらコボルトに迫る。結構な速度で近づいているのに物音を一切立てていないのがすごい。

——ザンッ！

そしてコボルトが気づく間もなく背後から一気に首を切り落とした。おお、セリーヌ曰く期待の新人の名は伊達じゃないな。俺とニコラはすぐにラックに駆け寄る。

「すごいね。ラック兄ちゃん」

「これくらいできる奴なんてザラにいるんだけどな」

剣を鞘に戻しながら、なんてことのないようにラックが答えた。

「そうなの？　僕は剣術は全然できないからやっぱりすごいと思うよ」

「ありがとよ」

ラックはフヘッと笑い、それから顔を引き締めて周囲を見回す。

「さて、この先に例の薬草の群生地がある。ジャックがこのけもの道沿いに進んでいれば迷いようはないんだが……。まずは薬草の群生地を目指すか」

先程の教えに従い、ここからはコボルトに気づかれないようになるべく静かに森の中を進んだ。俺の石弾《ストーンバレット》では派手に物音を立てることがあるので、コボルトはすべてラックに任せながら薬草の群生地を目指した。

それから二体のコボルトに遭遇したものの、ラックがあっさりと倒して森を進んでいると、ニコラが声を上げた。

「あっちに誰かがいるよ」

ニコラが指差す先にあるのは、けもの道からずいぶんと外れた場所にある、むき出しになった大岩だ。

「わかった。とりあえず行ってみよう」

ラックの声に頷き、三人で大岩へと駆け寄る。すると大岩の陰に、地面を見つめながらしゃがみ込んでいる少年を発見した。少年は俺たちの足音に気づくと驚いたように顔を上げる。

――ジャックだ。

「……兄ちゃん！　きっと助けに来てくれると思ってたぜ！」

待ちに待ったヒーローが来たような、弾ける笑顔を浮かべながらジャックが口を開く。どうやら思ったよりも元気そうだ。ラックはジャックを見つめて一度大きくため息を吐き、それからグッと握った拳を彼の頭にゴチンと落とす。

「一人で行くなっていつも言ってるだろ、バカ野郎っ！」

「痛ってえ～……」

ジャックはうめき声を上げながら、両手で頭を押さえた。

「……ったく、それでお前はなんでこんなところに隠れてるんだ？」

「ああ、それは――」

ジャックの説明によると、彼は薬草の群生地に行くため、なるべく魔物に見つからないように物陰に隠れながら移動していたそうだ。それで一度だけゴブリンに遭遇したものの、後は何者にも見つからずにここまでこれたんだとか。

だが、それが気の緩みになったのか、コボルトから身を隠す際に足を滑らせて足を捻挫してしまったそうだ。それでもコボルトに見つからずに済んだのは不幸中の幸いだが、捻挫が思ったよりも重症で歩けそうになく、この場に隠れることを余儀なくされたらしい。

「それでしばらくここで足の怪我の様子を見てたんだ。もしかしたら兄ちゃんが助けに来るかもと思ったし。……ところでそろそろ聞きたいんだけど、なんでお前らがいるんだよ？」

ジャックが口を尖らせながら俺を軽く睨む。当然の疑問だろうな。だけど、これってなんて言えばいいんだろうね。君が遭難したと思ったから捜索を手伝いに来た……じゃあ駄目だよね。ジャックのプライドを傷つけないように上手く話さないといけないな。

「ええと、ラック兄ちゃんがジャックを探しに薬草の群生地に行くっていうから、無理を言ってついてきたんだ。僕、薬草欲しくてさ」

「フ、フーン、そうか。奇遇だな。俺も同じ薬草を採りに来てたんだよな～」

上手くごまかせたのだろうか？　微妙なところだが、藪《やぶ》を突っつく真似はすまい。ラックも特になにも言わないところを見ると、協力してくれているらしい。どうやら異性の話以外では空気を読めるみたいだ。

当面の疑問が解けてすっきりしたのか、気を良くしたジャックは自慢するように得意げな顔を俺に向けた。

「ところで見たかお前ら？　俺の兄ちゃんはすごかっただろ⁉　思ったとおり、すぐに助けに来てくれたしさ！」

兄ちゃん好きすぎだろ。それより少しは反省しろ。そう思っているとゴチン！　と二度目の拳骨の音が鳴った。

「たまたま気づかなければ、どうなっていたかわからねーんだぞ。それにここまで早く来れたのはこいつらのお陰だからな」

ラックは俺とニコラの肩にも手をポンと乗せた。「どういうこと？」と尋ねるジャックを無視し、ラックは呟く。

「さて、それじゃあこれからどうすっかね～。薬草の群生地はすぐそこだし、ついでに行ってもいいんだが、ジャックの足次第だな」

「お、俺はもう歩け――痛っ！」

ジャックはすぐさま立ち上がろうとしてみせたが、足を庇い顔をしかめた。

「無理みたいだな。マルク、すまねえけど薬草は諦めてくれ。今日の礼代わりに、今度俺が採ってきてやるよ。それじゃあジャック、背中におぶさりな」

ラックがジャックの前にしゃがみ込む。おっと、だが少し待ってほしい。ラックがいれば安全は十分に確保できそうだし、このまま帰るのはもったいない。

「……ジャックの怪我が治ればいいんだよね？」

「おう、そりゃそうだが……。なにをするつもりだ？」

以前ニコラに光魔法について聞いて以来、たまに回復魔法の練習はやっていた。細かいマナの操作はまだ難しいが、その分大量にマナを与えることで患部の回復を早めることはそう難しいことではなかった。

しかしちょっとした切り傷や擦り傷くらいなら試したことはあったのだけれど、捻挫の治療は初めてだな。とにかくやってみることにしよう。

俺はまだ座り込んだままのジャックの足首にそっと手を当てる。足首は赤黒く腫れ、熱を持っているのが手から伝わってきた。そこに光属性のマナを注ぎ込む。

俺の手がぼんやりと光り患部を照らす。するとまるでビデオの逆再生でもしているかのように足首の腫れが引いていった。

「え？　痛くない!?」

ジャックが足首をぐにぐにと触りながら大きく目を見開く。そして俺も驚いた。どうやら切り傷だろうが捻挫だろうが、光属性のマナを与えまくればなんとかなるみたいだ。魔法ってすごい。

ニコラ曰く、複雑なマナの操作を覚えればもっと省エネで回復魔法を使えるようになるらしいが、出力を上げる練習をしたほうが手っ取り早い気がしてきた。今の魔力でゴリ押したつもりの捻挫の治療でも、魔力はほとんど減った気はしなかったからだ。しかし回復魔法については後で考えることにしよう。今はそれよりも――

「ラック兄ちゃん。これで薬草採りに行けるよね?」

「お、おう。そうだな。……行くか」

しゃがみ込んだまま口をポカンと開けていたラックが慌てて立ち上がった。

ジャックにあまり反省の色が見られないのは残念なところだが、それでも大事に至らなくてよかったと思う。この後の教育はラックに頑張ってもらうとして、この件はひとまず決着だ。次は俺の目的の方を手伝ってもらおう。

第十八話　セジリア草

薄暗い森を進んでいると、急に木々が途切れ視界が広がった。明るい日差しに照らされた小さな池があり、その周辺に緑の濃い草が生い茂っている。

「着いたぞ。ここだ」

ここが目的地だということは、あの池の周辺に広がっている草が薬草ということなのだろうか。雑草とは思えない存在感が伝わってくるし。

ふと隣を見るとジャックの顔が悔しそうに歪んでいた。……本当は一人でここにたどり着きたかったんだろうな。

ラックの話によると、この辺り一帯に生えている薬草が普段使いの薬草よりも品質がいいらしい。

俺は湖に近づき、とりあえず一株引き抜いてアイテムボックスに入れて鑑定してみた。

《セジリア草》と表記された。

「わかっているとは思うが、採り尽くしたりはするなよ？」

草を引き抜いた俺にラックが釘をさす。もちろんその辺は俺だって心得ている。冒険者のマナーってやつだね。

本当は根っこから持っていくのも良くないかもしれないけれど、数は自重するので勘弁してもらおう。もともと栽培できるかどうかを試すだけだ。たくさんは必要ない。

俺は群生地の隅っこで作業を開始する。まずは土魔法で一メートル四方の土を掘り起こした。そして根っこごと露出した草を、そそくさとアイテムボックスに詰めていく。アイテムボックスは直接鈍色の穴に投げ入れることもできるが、手を近くに添えて念じると一瞬で収納されていくので、こういった作業はサクサクなのだ。

「お、おまっ、アイテムボックス……！」

その声に顔を向けると、ジャックが口を半開きにしながら俺の方を見つめていた。その表情はアイテムボックスを見た時のラックによく似ている。そういえば俺以外に持っている人をいまだに見たことがないし、これは本当に珍しいギフトのようだ。もしかしたら持っていても隠しているだけかもしれないけど。

「終わったよー」

俺の用事はあっさり終わり、ラックに作業の終了を報告した。

「早えーなー。アイテムボックス便利すぎだろ……。それじゃあ少しだけ休憩してから帰るか」

この辺りはどういうわけか魔物が近づかないらしい。池から離れなければいいぞと言われたので、池の周りを散歩でもしようかと思っていると、ニコラが俺に声をかけてきた。

「お兄ちゃん、あれ見て」

ニコラがスッと池の周辺を指さす。そこには一羽の野生のウサギがいた。というかニコラが指さすと条件反射的に石弾《ストーンバレット》の準備に入りかけたのが恐ろしい。

どうやら水を飲みに来ていたようだ。ニコラと二人でそっと近づいてみる。

するとウサギはこちらを一瞬チラッと見るが、特に逃げることもなく水飲みを再開した。この辺で薬草を採りに来る人を見かけることもあるのだろう。人に慣れているようだ。

ニコラはさらに近づくと、ウサギのなでなでを決行する。

「おおぉ……もふもふ」

なでなでに成功したニコラは、セリーヌのおっぱいを揉んでいる時と変わらぬだらしない顔を晒していた。

そして俺も近づいて、なでなでのご相伴にあずかる。おおっ、柔らかくてふわふわもふもふだ。

もふもふかわええなあ……。もふもふもふもふ。

もふもふもふもふもふ。

もふもふもふもふもふ。


――しばらくもふもふを堪能して、俺はふと正気を取り戻した。

辺りを見渡すと、ラックは念のために周囲の警戒しており、ジャックは「俺はもうそういう歳じゃないんで」と言わんばかりに口を曲げながらこちらを横目に見つつ、木にもたれかかって休憩していた。

フフフ、青いな。俺に言わせれば、老若男女かわいい動物を愛でる気持ちは変わらないと思うんだけどね。犬は駄目だけど。

「よし、休憩終わり！　そろそろ帰るぞー」

ラックの声を聞き、俺たちはすぐさまラックの元へと集合する。バイバイウサギちゃん。

「帰りは探索をする必要はないし、まっすぐ川を目指せばコボルトに囲まれることもないだろう。コボルトはマルクに任せていいか？」

やってみたいと思ってはいたが、ラックの方から頼まれるのは意外だった。

「いいの？」

俺が問いかけるとジャックが驚いたように声を上げた。

「えっ？　兄ちゃんなんでこいつに⁉」

「ああ、頼んだぜ」

ラックがジャックの肩に軽く手をやり、ジャックを黙らせてからそう答える。俺はもちろん異論はないので頷いてみせ、一つだけ質問をした。

「ラック兄ちゃん、コボルトって討伐依頼が出たり、素材が売れたりとかしないのかな？」

「コボルトは基本的に外には出ないからな。討伐依頼は出ていないと思うぜ。爪や牙は素材として売れないことはないが、手間がかかるくせに安くてワリに合わねえから持って帰るやつはほとんどいないいな」

「そっか。それならすぐ帰れそうだね」

そういうことならとにかく倒して突き進めばいいだけである。俺はニコラに念話を送り、戦闘プランを相談することにした。


——そして森からの帰り道。俺は存分に魔法を振るった。

「お兄ちゃん、あっち」

「うん」

ドシュッ！

ニコラの指差す方向にいたコボルトが石弾《ストーンバレット》を受けて弾け飛ぶ。体の硬さなんかはゴブリンと変わらないようだ。

「お兄ちゃん、そこ」

「うん」

ズドッ！

囲まれると怖いらしいが、向こうの感知外から一体たりとて逃さなければどうということもない。

「お兄ちゃん、あっちに二体」

ドスッドスッ！

行きはジャックの安否を心配したり、未知のコボルトに警戒したりとしんどい思いをしたが、帰りはラクチンだ。

このまま行けば夕食までには帰れそうだな。もちろん気を抜くつもりはないのだけれど、それでもついつい安堵の息が漏れた。

◇◇◇

ラック兄弟は一言も発することなく、マルクとニコラが森をまっすぐ突き進んでいく姿を眺めていた。ラックは軽く首を振ると、ジャックの頭に手をやり、顔を寄せて小声で語りかける。

「ほら、見ろよアレ……。お前な、あいつらと張り合うのはもう止めておけ」

ラックが見つめる先では、マルク兄妹がサーチ・アンド・デストロイを繰り返し、付近のコボルトを一体残らず倒し続けている。

「あ、お兄ちゃん、こっちにもいるよ」

「うん。……あっ、木を巻き込んじゃった」

バゴンッ！

マルクの発射した石弾《ストーンバレット》が大木に当たり派手な音を立てる。大木は引き裂かれたかのように真っ二つに折れ、傍にいたコボルトは原形を留めぬ姿に変わり果てた。

「あー失敗した……。ニコラ、今の音でコボルトが近づいてきたりしていない？」

「今のところ平気……あっ、反対方向に一体」

「うん」

少し知恵のあるコボルトは、次々と仲間が倒されていく様子を見て逃げ出すほどだ。だが見つかったが最後、その背中にも容赦《ようしゃ》なく石弾《ストーンバレット》が撃ち込まれていく。

ジャックは自分が一体のコボルトに見つからないよう、どれだけ神経を張り詰めていたかを思い出し、そのコボルトを顔色を変えることなくあっさりと屠《ほふ》るマルクを見つめた後、大きく、大きく息を吐いた。

「……うん、兄ちゃん。俺、もう張り合うのは止めるよ」

気の抜けたような声でそう答えると、ラックはやさしくジャックの頭をポンポンと叩いた。

第十九話　神からの贈り物

無事に森を抜けた後は、草原を町に向かってひたすら歩く。地面を照り付ける日差しはすっかり弱々しいが、どうやら夕方までには帰ってこれたようだ。

あともう少しで門が見えるというところで、不意にニコラに腕を掴まれた。おおっと、すっかり忘れていた。そういえば俺たちは外壁を乗り越えて外に出たのだった。

「ラック兄ちゃん、僕らは壁を越えて帰るね」

「ああ、そうだったな。近くの住人に見つからないようにしろよ？　コイツとも口裏合わせておくからな」

ジャックの頭をガシガシと撫でながらラックが言った。ジャックは「わかったよ」と言ったきり、俺たちと目も合わせず元気のない様子だったが、おそらく森を横断した疲れが今頃になって出てきたのだろう。

そして俺たちはラックたちと別れると、行きと同じように土魔法で階段を作って町の中へと戻った。外壁に登るまで向こうの様子はわからないので近所の住人に見つからないか不安だったが、ニコラ曰く、今は近くには誰もいないとのこと。その言葉を信じて壁を乗り越えると、たしかに周辺には人っ子ひとりいなかった。

そういえば、今日一番びっくりしたのはニコラの感知能力だ。少なくともセリーヌがやっていたくらいの索敵はできるようだし、さらにはゴブリンの死体や大岩に隠れていたジャックを見つけ、今みたいに壁の向こうも感知してみせた。

魔法でどうにかしているのか、それとも他のなにかなのか。せっかくなので聞いてみた。するとニコラはあっさり「ギフトですよ」と答えた。

「私のは上司から与えられた、まさに神からの贈り物――ギフトですが、索敵自体は技術を磨き上げることで身に付ける人もいます」

俺のアイテムボックスのように、生まれた時に持っていなければ後天的に身につけることのない特殊能力はギフトと呼ばれる。

後天的に身につけることができる類の技能はギフトとは呼ばれない。ニコラの感知能力は技能として使うようなものとはまったく別種ということだ。

「セリーヌなんかは魔力を用いて索敵をしているようでしたね。私のギフトとは違うアプローチですけど、そっちならお兄ちゃんも使えるようになるかもしれませんね」

なるほど。便利そうだし、そのうちセリーヌに教えてもらおうかな。

「ちなみに私はもう一つギフトを授かっています」

「ええっ、マジでか。どんなの？」

「それは秘密です。今回は特別でしたけど、お兄ちゃんが私を頼るようになったら、私が楽できなくなるじゃないですか。私がお兄ちゃんに寄生するのはいいですけど、逆はナシです」

ニコラは腕を交差してバッテンを作った。まぁこれ以上追及しても教えてくれなさそうだし、ギフトの話はひとまず置いておこう。それよりもニコラに言いたいことがあった。

「ニコラ、今日はありがとな。本当に助かったよ」

俺がそう言葉にすると、ニコラは軽く息を吐き、疲れたような声を上げた。

「まぁ、お仕事もたまにはやっておかないといけませんからね。気にしないでください」

そう言ってくるりと背を向けると、家路に向かって歩き始めた。

◇◇◇

そうして俺たちは家へと帰ってきた。宿の裏口から中に入ると、父さんと母さんが厨房で仕事をしている姿が見える。これから少しずつ忙しくなってくる時間帯だ。それまでに帰ってこられたことにホッと胸を撫で下ろす。

「ただいまー」

「ただいまパパママ！」

俺たちの声に皿の盛り付けをしていた母さんが振り返る。

「あら、おかえり二人とも。ちょうど良かったわ。マルク、手を洗ったら、このお料理を食堂に持っていってくれる～？」

「うん、わかったー」

どの席なのか言わないってことは、今はお客さんは一人なんだろう。俺は水魔法で手を洗い、さっそく皿を持ち上げる。皿の上には日が暮れる前に食べるにしては重い料理が載っていた。少し早めの夕食だろうか。

食堂に入ると案の定、中には客が一人だけ——セリーヌがいた。セリーヌはこちらに気づくと手をヒラヒラと動かし、俺の持つ皿を待っている。

「おまたせしました。セリーヌ帰ってきたんだね。今回はなんの仕事をしてたの？」

俺はテーブルの上にゴトリと皿を置きながら尋ねた。昨日から宿を留守にしていたセリーヌは疲れた様子だ。

「町の外の畑で見張り番よ。どうやら群れからはぐれたゴブリンが近くに巣を作ってたみたいでね。畑に来たところを追い回して、巣ごと駆除してきたところよ」

さっそく皿の上の料理をガツガツと食べつつセリーヌが答える。そしてふと顔をこちらに向けると、鼻をクンクンと鳴らした。

「……なんだか森くさいわね。あんた森に行ってきたの？」

「え、いや、まあ……」

思わぬ追及にしどろもどろになる。

「フーン。ま、深くは聞かないけど。ご両親を心配させちゃ駄目よ～」

それだけ言うと、セリーヌは目の前の料理に集中し始めた。冒険者って鼻が利くんだなあ。そのまんまの意味で。

◇◇◇

翌日の朝、俺は薬草を植えるため、裏庭の片隅へとやってきた。昨日は家の手伝いをしているうちに暗くなってきたので、薬草を植えることができなかったのだ。

なぜ畑のある空き地ではなく自宅の裏庭に植えるのかというと、薬草が実際に育つかどうか細かな観察が必要だと思ったからである。ちなみにいつものことだがニコラはまだ熟睡中だ。

まずは土魔法で囲いを作ることにする。高さ二十センチほどの円柱型の石をたくさん作り、薬草を植える予定地を囲む。イメージは前世ではよく見かけたブロックで作られた花壇だ。そうしてブロックで予定地を囲み終えたところで、背後から声をかけられた。セリーヌだ。

「おはよう、マルク。なにか植えるの？」

まだ朝方ってことで、いつもの胸元を強調した黒いドレスは着ていないし、外出用の黒いとんがり帽子も被っていない。ゆったりとした白のワンピースだけをシンプルに身にまとっている。ギャップ萌えでも狙っているんだろうか。フフン、そんなことしても俺には通用しないんだからねっ！

「うん。これを植えるんだ」

素直に昨日採ってきたセジリア草を見せる。

「これはコボルトの森の……。ハハーン、そういうことね」

「そういうことなんだ。あの、一応ラック兄ちゃんが同行してくれたし、黙って外に出たのは内緒にしてね？」

「わかったわよ。昨日も言ったけど、ご両親には心配させないようにね？　さっ、それじゃ早く植えてみせてよ」

セリーヌは花壇を指差しながら俺を急かす。どうやら薬草の栽培に興味があるらしい。あっさりと話を流してくれたのは助かるね。

今回は持ってきた物をそのまま植えるだけだ。アイテムボックスに収納されていたすべてのセジリア草を花壇に植え直し、土には目一杯のマナを注入してみる。

作業をしている間にセリーヌに聞いてみる。

「採ってきておいて今更聞くのもなんだけど、薬草ってどうやって使うの？」

「そうねえ……。すり潰して塗り薬にするのが一番簡単な使い方ね。後はすり潰したものを水と混ぜて光属性のマナを溶かし込むとポーションも作れるわ」

ポーションかー。よくは知らないけど、単なる塗り薬よりもそっちのほうが夢が広がりそうだ。栽培に成功したらそっちの方向で試してみるかな。

しばらくしてすべてのセジリア草が花壇に植えられた。

「さて、これで今日は終わりだよ。後はここで育つかどうかだね」

「さすがにすぐに結果はでなさそうね。よし、それじゃあ今日はオフだし、私は朝風呂に入ってこようかしらん。はい、マルク。無料券よ」

セリーヌは胸元から俺が作った風呂無料券を取り出して差し出す。こういうのって使われずじまいになりがちだと思うのだけれど、しっかり使ってくれるのが嬉しい。……まぁ使ってくれないと風呂を使わせないとまで宣言したからだと思うけどね。

「マルク、無料サービスついでに背中も流してくれる？」

セリーヌが色っぽく首筋を見せながらおねだりするが、俺はいつものように突っぱねるだけだ。

「そちらはセルフサービスになっておりまーす」

「あらん残念。それじゃあお湯だけお願いね～」

そう言って笑い合いながらセリーヌと風呂小屋へと向かった。すると突然念話が聞こえた。

『相変わらずヘタレで笑えますね～。一緒にお風呂イベントとか、子供の特権だというのに』

上を見ると、ニコラが二階の窓からこちらをニヤニヤしながら見ていた。ヘタレですいませんね。

第二十話　魔法キュウリ

薬草を植えてから数日が経った。どうやら今のところはウチの花壇でも問題なく育っているようだ。

コボルトの森の池の周辺もマナを含むいい土だったし、やっぱり土のマナの有無が大きなポイントだったのかもしれない。

そして薬草ばかり気にしていたけれど、シスターに種を貰って育てた魔法キュウリと魔法キャベツも忘れちゃいけない。こちらもすくすくと育っている。

特に魔法キュウリは三日くらいで収穫できた。魔法トマトに比べると半分くらいの早さだ。でも正直なところ、キュウリってあんまりたくさん作っても困るんだよね。

もちろん味はウマーイんだけど、食事ではワンポイントにしか使えない食材だと思う。酒のつまみにはちょうど良さそうな気もするが、ウチの宿はそれほど酒は提供していないしな。昼は食堂、夜は酒場といった営業はしていないのだ。

ギルにも自分の家で使うなら一日一本もあれば十分と言われてしまった。

そういうことで、魔法キュウリは種をくれたリーナにおすそ分けすることにした。

◇◇◇

教会学校の日の朝、ニコラと共にデリカの家に行き、それから教会に行くよりも先に空き地に寄ってもらう。

空き地に到着するとデリカが呆れ顔で呟く。

「……私たちの隠れ家が本当に隠れているわ」

空き地の敷地の割合から言うと、畑5、公園4、隠れ家1くらいの割合になってしまっている。ある意味本望なんじゃないの？　と言いたくなったが、藪蛇《やぶへび》になりそうなので止めておいた。

「これ以上は畑を広げられそうにないから心配しなくてもいいよ」

「ふーん、それならいいけど。でもマルクなら、そのうち町の外に農場を作りそうね」

「町の外だと土地もだいぶ安いんだっけ」

「……外は魔物の被害なんかも起こりやすいし、その分だいぶ安いと聞くよ」

パンダの石像に座ったユーリが教えてくれた。ちなみにこのパンダの石像、わざわざ工務店の娘であるデリカにお願いして、目や耳の部分なんかを黒く塗ってもらったこだわりの一品である。

「まあ、今はこのくらいで十分だよ。農業をしているおじさんたちは毎日大変そうだしね」

今の魔法野菜にかけている手間暇を土地を拡張してまで行うと、日が沈むまで精一杯働く必要がある気がする。しっかり販路を開拓すれば、それなりに食っていく分の収入を得ることはできそうだけど、六歳児の今はまだ夢は大きく、そしてたくさん持っておきたい。農業に関しては家庭菜園の範疇を越えないくらいに留めておこう。

そんなことを考えながら魔法キュウリをもぐ。ちなみに畑スペースと双璧をなす公園スペースには今はまだ誰もいない。奥様方は朝の家事に追われているのだろう。

俺が公園の方に顔を向けていると、デリカが思い出したように声を出した。

「あっ、そういえば、シーソー！　発注がたくさん入ってきてるって父さんが言ってたわ！」

公園に作った遊具の中に、去年の年末に作ったシーソーがある。支点と板をつなげる部分を土魔法だけで補うのは随分苦労をしたが、今では滑り台と並ぶ人気遊具だ。

デリカに塗料を塗ってもらった後日、空き地の話を娘から聞きつけたデリカの実家「ゴーシュ工務店」店主、デリカパパのゴーシュが空き地に見学にやってきた。そしてシーソーを見つめてしばらく唸っていたかと思うと、自分の店でシーソーを作って商売をしていいかと打診されたのだ。

木材と金具なら土魔法で作るよりもオリジナルに近い良い物が作れるだろうし、特に断る理由もないので快諾したのである。

ゴーシュは町で裕福な庭付きの家に住んでいる小さな子供を持つ親に売りつけるとか言っていたんだけれど、繁盛しているようでなによりだね。

「それで父さんがぜひお礼をしたいって言ってたの！　でもなにをあげればいいかわからないから聞いといてくれって！」

「お、お姉ちゃん。それとなく聞いておいてって言ってたよ……」

「あっ！」

デリカが慌てて両手で口を隠した。彼女にしては珍しくお可愛い仕草ですこと。

「あはは、聞かなかったことにするよ」

ちなみにギルにそれとなく聞いてみたところ、この世界には知的財産権なんてものは無さそうだった。リバーシで一儲けができなくて残念ではある。

とはいえ、ゴーシュが娘の友達のアイデアもろパクリで稼いでしまったことを気にかけるのもわからんでもない。でも特に欲しい物もないしなあ。

「今は欲しい物は特に無いし、気持ちだけで十分だよ」

とりあえずそう言って話を終わらせた。デリカは納得いかない様子だが、無いものは仕方ない。

『将来、「あの時のお礼をいただきに参りました。お嬢さんを僕にください！」とか言うつもりですね、わかります』

ニコラが念話を飛ばしてきたがスルーした。


空き地で魔法キュウリをもぎ終わった後は教会へと向かった。魔法キュウリをザルいっぱいに入れているので先にシスターのリーナに渡したいところだ。

デリカとユーリとは教会入り口で別れ、俺とニコラはとりあえず裏庭を覗いてみる。ほかには孤児院くらいしかリーナのいそうな場所を知らないからだ。

すると裏庭には運良くリーナがいた。授業が始まる前に畑に水をやっているようだ。リーナに声をかけ、ザルごと魔法キュウリを手渡す。

「まあっ、とても立派なキュウリですね！　ありがとうございます」

屈託のない眩しい笑顔で魔法キュウリを受け取るリーナ。子供に人気のある野菜とは言えないと思うけど、少しでも孤児院の助けになってくれるとうれしいね。

用事を済ませた後はリーナと栽培について語り合いたいところだったが、授業の時間が迫っていたので、すぐにリーナと別れ教室へと向かった。

教室に入るとすでに教室入りしていたジャックと目が合った。すると「よう」と手を上げてきたのでこちらも手を上げて返す。

あの後ラックにこっぴどく叱られたんだろうか。なんだか憑き物が落ちたようなスッキリとした顔をしているように見える。

そしてラングのいる席へと向かい、薬草の件はなんとかなったので、もう一株持ってこなくても大丈夫だと伝えた。これで教会の用事は終わりだな。あとは楽しくお勉強だ。

◇◇◇

そして今日も一日が終わる。

寝る前にふと外を見ると、花壇がうっすらぼんやりと光を放っているのに気づいた。セジリア草の花が光っているのだろうか。とても幻想的できれいだった。

第二十一話　軟膏作り

昨夜の花壇はなんだったのか。昨夜は俺が花壇を眺めている最中に、光がふっと消え失せてしまい、詳細はわからずじまいだった。翌朝目覚めた俺は急いで花壇へと向かった。

花壇のセジリア草には小さな花が咲いていた。やはり昨夜ほのかに光っていたのはこの花で間違いないだろう。コボルトの森には花が咲いているセジリア草は見当たらなかったけれど、ちょうどシーズンを迎えたのだろうか。それともほかの魔法野菜よろしく、成長が早まったのだろうか。

もしかするとうっすら光っていたのも俺が込めたマナの影響なのかもしれない。しかしそうなると空き地に植えている魔法トマトも夜な夜な光っていたのかということになるけれど、そういう話は聞いたことがなかった。

うーむ、ポーションに使われるくらいの薬草だから光属性のマナと親和性が高いとか、そういう理屈なんだろうか？　とにかく花が咲いたなら、しばらくすれば種も収穫できることだろう。セジリア草の栽培は完全に成功したと言えるね。

◇◇◇

さらに一週間が経過した。種を収穫し、その種を新たに花壇に蒔く。そして最初に植えた分のセジリア草を収穫した。そして今回の収穫分でまずは塗り薬を作ってみることにした。

厨房に行き、すり鉢とすりこぎ棒を借りた。そして厨房の片隅でゴリゴリとすり潰す。ちなみに今日はスペシャルアドバイザーとしてニコラに付いてきてもらっている。

ゴリゴリゴリゴリゴーリゴリとセジリア草をすり潰していると、草からねっとりとした水分が滲み出してきた。

「マルク、今度はなにをしているの？」

母さんが興味深げにすり鉢を覗き込んでいる。

「こないだ植えた薬草をすり潰しているんだ」

「そういえば花壇が出来ていたわね。なんの草かしらと思っていたんだけど薬草だったのね～」

そういや報告を忘れていたな。とはいえ薬草の出どころを聞かれると説明しづらいので、曖昧に言っておこう。

「うん、薬草を貰ったから栽培してみたんだ」

「へえ～。マルクはいろいろできて偉いわね～。それでこれってなにに効くお薬なのかしら？」

ピタリとすりこぎ棒を持つ手が止まる。そういやなにに効くんだろう。

『マナの含まれる薬草ですし、火傷や擦り傷みたいな軽い怪我ならだいたい治ると思いますよ』

ニコラから助け船が出たので、それをそのまま母さんに伝える。

「まあ！　それなら厨房に置いておくにもいいかもしれないわね。たくさんできたら母さんにも分けてちょうだいね～」

父さんはそうそう無いけれど、母さんはたまに刃物で怪我をする。そういうときは俺の回復魔法の実験台になってもらっていたんだが、俺が外に出かけている時に怪我することを考えると常備薬はあったほうがいいよな。

「もちろんいいよ。でも怪我には気をつけてよね」

「は～い。マルクはやさしいいい子ね～」

「ママー、ニコラは？」

ニコラが母さんに抱きつきながら甘える。

「もちろんニコラもやさしくていい子よ～」

母さんがニコラの頭を撫で回す。そうこうしているうちに、すり鉢の中身はどろりとした緑色のペースト状に変わっていた。

とりあえずすり鉢の中身をアイテムボックスに取り込んで鑑定してみる。

《軟膏　セジリア草》と表記された。

鑑定で見る限りはしっかりと薬になっているようだ。しかしどのくらいの効果があるのかがわからない。薬の効果を確かめたいところだが、自分で指を切って確かめてみるっていうのもちょっと怖いよね。

そんなことを考えていると、ニコラが俺の腕を揺すりながら、

「お兄ちゃん、お仕事が終わったのなら空き地に遊びに行こ～？」

と、かわいらしくおねだりをした。ああ、なるほどそういうことか。

俺は軟膏を土魔法で作った高さ五センチくらいの小さい壺に詰め込んだ。イメージ的には前世でよく見かけた白い軟膏容器のSサイズだ。蓋はねじ込み式じゃなくてはめ込み式だけど。

そして小壺をアイテムボックスに収納し、空き地に行ってみることにした。

◇◇◇

空き地に到着すると、公園スペースで若奥様方が談笑し、子供たちが駆け回って遊んでいた。

俺は普段と変わらぬ様子で畑をいじりながら、チラチラと公園の方を伺った。するとしばらくして二人でかけっこをしていた子供のうち、金髪の男の子が派手に転んだ。公園ではよく見かける光景だ。

異変に気づいた若奥様がすぐさま駆け寄る。俺とニコラも男の子の元に向かった。男の子は膝を擦りむき、泣き出す一歩手前のようだが、若奥様になだめられてなんとか耐えているといった様子だ。

「あの～、大丈夫？」

俺の呼びかけに若奥様がこちらを向いた。若奥様は目元がキリッとした、まだ二十歳になっていないような女性だ。この国では若くから結婚する人が多いので、この歳で子供がいてもそれほど珍しくはない。

「あら、マルクちゃんとニコラちゃん。ほら、リッキー。お兄ちゃんとお姉ちゃんが来たわよ？

強いところを見せないとね？」

若奥様に発破をかけられたリッキーはコクリと頷くと、口元をぎゅっと結んで涙をこらえた。その微笑ましい姿に思わず頬が緩むが、俺の目的はそこではない。

「よかったらこれ使ってみて？　傷薬なんだ」

俺はズボンのポケットから軟膏入りの小壺を取り出した。

「あら、いいの？　それじゃあ使わせてもらうわね」

俺のような子供から渡された得体の知れない物を若奥様が無条件に信じてくれたのは、俺が公園の創造主として認知されているお陰かもしれない。

薬を塗る前に俺が水魔法で患部の砂を洗い流す。その後に若奥様が緑の軟膏をリッキーの傷口にやさしく塗った。

すると効果はすぐに現れた。血が止まり傷口が塞がり始めている。

「……もういたくないよ！　ママ！」

「まあ、リッキーは強い子ね。……えっ、もう傷が塞がってるの⁉」

若奥様が傷のあった膝を見ながら目を白黒させた。どうやら軟膏はしっかりと効果を発揮したようだ。

『ヒヒッ、人体実験成功ですね、博士』

『助手よ、人聞きの悪いことを言わないでくれたまえ……』

身も蓋もないことを言うニコラをジト目でにらみ、俺は若奥様に声をかけた。

「ねぇ、この薬たくさん作ったから、良かったら貰ってくれる？」

本当は一個しかないが、実験台になってくれたお礼だ。この年頃の子供を持つ親なら、いくらあっても足りない代物だろう。

「マルクちゃんが作ったの？　本当にすごい子ね……。それじゃあ遠慮なく頂くわ。ありがとね」

若奥様が俺の頭を撫でる。リッキーが羨《うらや》ましそうな顔をしてこちらを見ているのに気づいた若奥様が「泣かなくて偉かったね」とリッキーの頭も撫でた。

それをほっこりと眺めつつ考える。軟膏作りは成功した。普通の薬草よりも品質のいいセジリア草なので、おそらく効能もそれなりに高品質の代物になっていると思う。

そして軟膏でこの効果なら、光属性のマナを練り込むポーションだと、どれくらいの効能になるのだろうか。なんだかワクワクしてきたね。

第二十二話　ポーション作り

「マルクちゃん、ニコラちゃん。お先に帰るわね。お薬ありがとねー」

若奥様とリッキーが手を振りながら帰っていく。そろそろ日も暮れてきたし、俺たちも帰ったほうがよさそうだな。

隠れ家でテーブルを囲んでおしゃべりをしていたウルフ団の面々に声をかける。

「みんなー、僕たちもそろそろ帰るね」

するとデリカがハッと驚いて声を上げる。

「あっ、もうそんな時間なのね！　今日はギルおじさんが来なかったから、ついつい長居しちゃったわ」

今日はギルが来ない日だった。ギルがいる時は子供はそろそろ帰りなとせっつかれるので、今日はいつもより遅いくらいの時間だ。

「それじゃあ『月夜のウルフ団』も帰るわよ！」

デリカの号令で全員が一斉に立ち上がる。相変わらず訓練されているなあ。結局全員で空き地を出ることになった。


そうして帰宅した後は夕食まで宿の手伝いをした。俺は店の前を掃除したりテーブルを拭いたり掃除関連の仕事が多い。給仕は綺麗どころの母さんとニコラにやってもらった方がお客さんも喜ぶので適材適所なのだ。なんだか少し悲しいがきっと気のせいだろう。

そして夕食後に風呂に入った後は、すり鉢とすりこぎ棒を子供部屋に持ち込んで、ひたすら薬草をゴリゴリとすり潰していた。

――ゴリゴリゴリゴリ。

「……お兄ちゃん」

ゴリゴリゴリゴリ。

「ん？」

ゴリゴリゴリ。

「私そろそろ寝たいんですけど……」

ゴリゴリゴリ。

「うん、おやすみー」

ゴリゴリゴリゴリゴリゴリゴーリゴリ。

「ゴリゴリが気になって眠れないと言いたいんですけど……！」

「アッ、スイマセン」

そんな出来事もあったが、その甲斐もあって小壺十個分の軟膏ができた。明日はこれでポーションを作ろう。

◇◇◇

翌朝、目が覚めると腕が酷い筋肉痛だった。どうやらゴリゴリしすぎたみたいだ。すぐに回復魔法をかけてみたところ、痛みは消えたがダルさはそのまま残った。回復魔法も万能じゃないようだ。

朝食を食べた後は宿の開店準備を手伝う。その後は自由時間だ。ニコラはすぐさま二度寝しに子供部屋へと向かった。

よく寝るねと言いそうになったところで昨晩のことを思い出し、グッとこらえる。地雷を回避した自分を褒めてやりたいね。

俺はニコラと別れて一階の厨房へと向かう。さっそくポーション作り開始だ。

厨房に到着すると、そこには誰もいなかった。厨房の主である父さんは買い出しに出かけ、そして母さんは洗濯。お手伝いのおばさんは食堂で接客をしているのだろう。

誰もいなくても特に問題はない。ポーション作成に使う容器を食器棚から物色する。

ウチの食堂は普段は陶器か木の食器を使っているが、ちょっとだけ高いお酒を出すときにはガラス製のグラスを使う。今回はそいつを借りよう。ポーションの作成過程をしっかり観察したいし、ポーション＝ガラス容器みたいなイメージもあるしね。

グラスをテーブルに置き、中に軟膏を小壺一個分、ボトリと入れてみた。

そして水魔法で水を注ぎ光属性のマナを加えるとグラス全体がほのかに光る。光属性のマナ特有の輝きだ。すぐに軟膏は氷にお湯を注いだかのようにあっさりと水の中に溶けた。

こんなに簡単に溶けるのなら、ポーションに使う分はあそこまでゴリゴリとしなくてよかったんじゃ……。

無駄な労力を使ったことにガッカリしつつ、光属性のマナを加え続ける。しばらくするとマナが入っていかないような感覚があった。どうやらこれ以上のマナは加えられないようだ。俺はグラスに触れていた両手を離した。

「おお……、完成だ」

思わず声が漏れた。グラスの中は薄緑色の液体で満たされている。マナを加えていないのでポーション自体はもう発光はしていないが、キッチンに差し込む光を受けキラキラと輝いている様子はとてもきれいだ。

このままグラスごとアイテムボックスに収納しておきたいところだが、グラスは食堂で使うものだ。仕方がないので土魔法で容器を作ることにした。

もう慣れたもので、水で濡れても容器の表面が泥で滲むことはない。前世でコンビニ販売が話題になった某ポーションの容器を模した物にポーションを移し替えてアイテムボックスに収納した。

《E級ポーション　セジリア草》と表記された。E級？

ポーションについて詳しくは知らないけれど、ランクがあることくらいは知っている。デリカたちと町を巡回している時に、通りにある道具屋を覗くと店頭にポーションが並んでいるのを見たことがあるのだ。それにはF級ポーションと記載されていた。

どうやらその時に見た代物よりもワンランク上の物らしい。……アイテムボックスを信用すればの話だけど。

そもそもアイテムボックスの鑑定は信用に足るものなのか、しっかりと検証をしたことは無かったりする。しかしなんといっても神様から贈られた能力だし、そこは間違いはないと信じたい。

誰の入った残り湯だとか変な鑑定をされることもあるけれど、そこは愛嬌だと思っておこう。

そういうわけでこれはE級ポーションなのである。俺の中では間違いない。

道具屋で見たF級ポーションの注意書きには、擦り傷や二日酔い微熱等の症状に効くと書かれていた。怪我にも病気にも両方効くことに、さすがは魔法だファンタジーだと感心したのをよく覚えている。ちなみに値段は銀貨3枚だった。結構お高いんだよね。

うーむ、E級の効果や販売価格が気になる。F級を上回るのは確実だと思うのだけれど、さてどうしたものか。

困ったときにはニコラに聞けばいいのかもしれないが、さすがに昨夜の出来事があって、今寝ているニコラを起こすのはなんとも不味い気がする。

セリーヌも詳しそうだけど、冒険者ギルドに出かけてそのまま仕事に行ったようだ。

ほかには隠居商人のギルも詳しいと思う。というか扱っていた品にポーションがあったのなら、むしろギルが一番詳しい気がする。よし決まりだ、ギルに聞こう。

昨日は空き地に来なかったが二日続けて来ないことはあまりない。おそらく今日なら会えるだろう。俺は今すぐ空き地に行きたい気持ちを抑え、ポーション作りを再開することにした。

第二十三話　商人ギルド

昼食後は空き地へと向かった。睡眠たっぷりのニコラも一緒だ。

それとなく昨日はうるさくして悪かったねと言ったところ、今日ギルが持ってくるお菓子で許してくれるとのこと。それで水に流してくれるのなら安いものだ。

空き地に到着すると、デリカたちウルフ団の面々がちょうど町中を巡回という名のお散歩に行く直前だった。

「あっ、マルクにニコラ。いい時に来たわね！　一緒に巡回に行かない？」

「今日はちょっとギルおじさんに用事があるから遠慮しとくよ。また今度誘ってね」

「仕方ないわね。それじゃあ、みんな行くよ！」

巡回を断るのはよくあることなので、デリカもあっさりと引き下がる。そして号令をかけると、デリカを先頭に一列になって空き地から出発した。

それにしてもアレだ、デリカももう十歳。そろそろ親分が恥ずかしくなってくる年頃じゃないかな。今は元気娘だけど面倒見のいいお姉さんにジョブチェンジするのはいつ頃になるのだろうか。

ウルフ団の出発を見届けた後は、畑の世話をしながらギルを待つことにした。

魔法トマト、魔法キュウリ、魔法キャベツが育っている畑を見渡す。特に魔法キャベツの存在感はすごい。初の収穫もそろそろだろう。

もうすぐ美味しい魔法キャベツが食べられると思うと、無性にアレが食べたくなってくる。俺の中でキャベツを使う料理と言えばアレしかない。お好み焼きだ。

この世界のどこかには似た料理はあるのかもしれないが、少なくとも今まで食卓のレパートリーに並んだこともなければ、話に聞いたこともない。

俺は畑の魔法キャベツの手入れをしながら「お好み焼きが食べたいなあ」と思わず口にする。するとニコラが俺の独り言に反応した。

「パパに作ってもらえばいいじゃないですか」

「……俺がいきなり未知のメニューを父さんに教えるのっておかしくない？」

「冒険者の人から教えてもらったとか、教会の本で読んだとか、適当にごまかせばいいんですよ。お風呂を作った時もそうしたじゃないですか。なによりお兄ちゃんの奇行とか、今更誰も気にしませんよ？」

奇行て。俺はそこまでやらかしてはいないはずだ。しかし言われてみれば、なんとでもごまかせる気がしてきたぞ。

「それじゃあ収穫したら、すぐにでも父さんにおねだりしようか。その時は一番いい魔法キャベツを持って帰ろう」

「楽しみですね。むふふふ」

ニコラがだらしない顔でニヤついている。早くも頭の中はお好み焼きで一杯なのかもしれない。欲望に忠実でわかりやすい妹である。こんなんでもご近所のアイドル的存在です。

それからしばらくしてギルが空き地にやってきた。ギルは手に持っていたお菓子を俺とニコラに手渡し、俺は自分の分をそのままニコラへと流す。そしてさっそくアイテムボックスから取り出した軟膏とポーションをギルに見せてみた。

「ほう、坊主がこれを作ったのか？　どれ、貸してみな」

ギルは俺から軟膏とポーションを受け取り、角度を変えて覗き込んだり、中身を嗅いだりしている。普段は見ることのない鷹のように鋭い目付きは、引退したとはいえ、かつては熟練の商人であったことを推し量るには十分だった。

「……ふむ、これはセジリア草か？」

「うん、そうだよ。やっぱりわかるんだ、すごいね」

「ふん、わからないようじゃ商人はやっていけんよ。まぁ詳しく調べるときは薬品や魔道具を使うんだがな」

ギルは軟膏の蓋を閉めながら続ける。

「軟膏もいい代物だが、ポーションの方はさらに良さそうだ。セジリア草ならE級だろうな」

「うん、E級だと思うよ。E級ってお店で見たことないんだけど、これってどれくらいの代物なの？」

「そうだな……。ちょっとした切り傷や打撲ならすぐ治るだろうし、風邪なんかもあっという間だな。値段は金貨1枚で売られていることが多いぞ」

「えっ、これって金貨一枚もするの!?」

驚いた。これ一個でゴブリンの耳二十五個分の値段だ。

「それだけ魔法薬というやつは貴重だということだ。そりゃあ打撲も風邪も時間をかければ治るもんだ。でもな、それが一瞬で治るんだぞ？」

言われてみればたしかにそうだ。痛みや病気の辛さがお金ですぐさま解決するのなら、金貨一枚くらい惜しくない人はたくさんいるだろう。

「それに作り手が少なくてな。F級ならともかくE級はこの町でも中央通りの店にしか置かれてないだろうよ」

「そうなの？　光属性の魔法なら教会のリーナ先生も使っていたけど」

「ああ、あの若いシスターか。確かにF級ポーションを商人ギルドに卸していたな。だがあの姉ちゃんでもF級を週に十個で精一杯だと言っていた……ぞ？」

ギルがなにか気になったかのように首を傾げると、訝しげに俺に尋ねる。

「なあ坊主、一応聞いておきたいんだが、このポーションにマナを込めるのに、どのくらいの時間がかかった？」

「えっ、ゆっくりと百数えるくらいかな？」

「……そ、そうか。今更驚かんがな……」

ギルは眉間を揉みながらため息をついた。どうやら普通のペースじゃないらしいということは俺にもわかった。

「いいか、坊主。光属性の使い手はそこそこ珍しい。この町でポーションを商人ギルドに卸しているのがシスターを含めて三人くらいだな」

ギルが指を三本立てて見せる。そんなに少ないのか。ギルがさらに言葉を続ける。

「E級ポーションともなると、注入するマナの量も作成難易度も上がる。だからこの町では誰も作りたがらない。その分F級を多く作ったほうが手軽だからな。中央通りで売っているポーションもよそから仕入れてきたヤツだ。それをお前がちょちょいと作っちまったのはわかるか？」

等級によって注入するマナの量と作る難易度が変わるらしい。なるほど、普通の薬草だともっと少ない量しかマナを込められないのか。難易度の方はよくわからないけど。

しかしゴリゴリするのが大変だったし、ちょちょいと作ったわけではないんだけどな……。

「それじゃあ、コレって店で売れるの？」

俺はポーションを指差すと、ギルがきっぱりと断言した。

「売れん」

「えっ、なんで？」

「商人ギルドを通せないからだ。坊主はまだ六歳だろ？　商人ギルドは十歳にならないと登録できんからな」

「商人ギルドを通さないとポーションは売れないの？」

「個人で売りたくても品質が保証されていない魔法薬なんて、誰も高額では買ってくれんぞ。だから商人ギルドに卸して、商人ギルドが品質を確認することで保証するわけだ。魔法薬は貴重だから作り手の取り分は多い。わざわざ自分で売るなんて面倒なことはしないな」

たしかに知らない人から高額な薬なんて怖くてとても買えそうにない。商人ギルドを通すのって大事なんだなあ。

「まぁ十歳なんてあっという間だ。ワシなんか親父について回って行商していたら、気づいてみればこの歳になっとったよ」

ギルがニヤリと笑い、そして俺の方を見ながら顎を擦った。

「そうだね。僕も試しに作っただけだし、魔法の練習にもなるから今は売れなくたって別に構わないよ」

「そうか。しかしまぁ野菜作ったり森に行ったりポーション作ったり、坊主はその歳でいろいろとやるもんだな」

六歳にしてはやりすぎだという自覚はある。だが――

「せっかく魔法が使えるんだから使わないともったいないし、いろいろやってみないとなにが将来の役に立つかもわからないからね」

俺の言葉にギルは感心したように頷く。

「うむ、そうだな。そのとおりだ。その歳でよく考えておるな」

『私を養ってもらわないといけませんしね。いろんな技能を身につけて、なるべく高給取りになってくださいよ』

ニコラがお菓子を口に頬張りながら念話を送ってきた。やはり自ら働く気は無いらしい。

こうして俺の日課にポーション作りも加わった。作っても売れないポーションだけれど、光魔法の練習にもなるし、今は売れないだけでお金にならないわけではない。ひたすら作ってはアイテムボックスに溜め込んでいった。

◇◇◇

そして二年が経過し、俺が八歳になった頃、なんの前触れもなく花壇の薬草に変化が起きた。

いつものようにポーションを作るためにセジリア草を刈り取り、アイテムボックスに詰め込むとセジリア草の表記がいつもと少し変わっていることに気づいたのだ。
《セジリア草＋1》
ん？　＋1ってなんだ？

書き下ろし

今日はお出かけ日和

俺が七歳になってしばらく経ったある日の昼下がり。俺とニコラが食堂のテーブルを拭いていると、さっきまで裏庭で洗濯をしていた母さんが戻ってきた。母さんは頭巾とエプロンを外して懐に抱え込みながら俺たちに声をかける。

「マルク～、ニコラ～。お手伝いはそこまでにして、母さんと一緒にお買い物に行きましょう？」

「わーい、ママとおでかけ！」

母さんの言葉にニコラは濡れ布巾をテーブルに放り投げ、母さんの腰にしがみつく。俺もニコラも母さんと出かけるのは久々だ。両親にべったりのニコラとしては、それはもう嬉しいイベントなことだろう。

「それで今日はどこに行くの？」

俺がニコラの濡れ布巾を回収しながら尋ねると、母さんは腰に巻き付いたニコラの頭を撫でながら答える。

「南広場から、もう少し歩いた所にあるお店よ。いくつか調味料を買い足しに行こうと思っているの」

ウチの宿屋は食材等を町の商店から届けに来てもらうことも多いが、細々としたものは父さんや母さんがたまに買い出しに出かけている。

南広場まではならデリカたちの巡回でよく通うけれど、その先となるとセリーヌと冒険者ギルドに行って以来だ。これはニコラでなくても楽しみだね。

「わかった。ちょっと待っててね」

「ニコラおしゃれしてくる！」

俺は厨房に入ると、持っていた濡れ布巾を厨房の隅にある水桶に浸して揉み洗いをすることにした。片付けを手伝う気がまったく無いニコラはそのまま厨房を通り抜け、子供部屋へと向かったようだ。外出用に少しおめかしでもするのだろう。

厨房に入ってきた母さんが、水桶の前に屈んでいる俺を見て困ったように頬に手を添える。

「もう、ニコラったら……」

俺たちが手伝いを頻繁にするようになり、ニコラのサボり癖もそろそろ両親の目に留まる段階になりつつあった。これまで要領よくサボっていたニコラだが、さすがにいつまでも家族の目をごまかすことはできないだろう。

「これは僕がやっておくから、とりあえずニコラのおめかしを手伝ってあげてよ」

「ごめんね、マルク。ニコラには後でよく言い聞かせておくからね？」

母さんは俺の頭をポンポンと撫でると、ニコラの後を追いかけていった。

洗い終わった布巾を壁に引っ掛け、これで片付けは終了だ。俺はこのままの服装でも気にはならないので、出かける準備も終了である。しかしこのまま厨房で突っ立っていても邪魔になるので、先に外で待っておくことにしよう。

「それじゃあ母さんと出かけてくるね」

俺の声に夕食の仕込みで大鍋をかき回していた父さんが振り向き口を開け——その父さんよりも

先に、調理台で野菜を刻んでいたお手伝いのおばさんが声を上げた。

「こっちはジェインさんと私に任せてゆっくりしてらっしゃい！　マルクちゃん、気をつけるんだよ」

機を逸した父さんは口をパクパクさせている。

「うん、わかった。気をつけるね」

このお手伝いのおばさんは俺が生まれる前から働きに来てくれている、熟練パートタイマーのアデーレだ。アデーレは少しふくよかなお腹を張りながら言葉を続けた。

「まあ、あんたたち兄妹はおりこうさんだから、私はなにも心配していないけどね！　ウチの子があんたたちくらいの時なんか、少し目を離したらなにをするかわかったもんじゃない悪ガキだったってのに、まったくジェインさんとレオナさんが羨ましいよ！　アッハハ！」

アデーレが豪快な笑い声を上げると、子供たちが褒められてうれしいのか、父さんはぽりぽりと頬をかいた。

「あはは、それじゃあ行ってきまーす」

「いってらっしゃい！」

アデーレが俺に声をかけ、彼女に先手を取られた父さんもコクリと頷いて俺を見送った。……ところで、最近父さんの声を聞いていない気がするな。いや、まさかな。

◇◇◇

「おまたせ～。それじゃあ行きましょうか」

宿屋の入り口で待っていると、肩に鞄をかけた母さんがニコラと手を繋ぎながらやってきた。お気に入りの髪飾りをつけて、ご満悦のはずのニコラが少しだけしょんぼりしているのは、たぶん母さんに叱られたからだろう。まぁ機嫌はすぐに直ると思うけど。

「はい、マルクも」

母さんは俺に手を差し出した。正直手を繋がなくても迷子になることはないとは思うが、俺がここで手を繋ぐのを断ることはもちろんない。

俺は言われるがままにその手を握ると、母さんはそれを見てにっこりと笑った。しっかり甘えることも親孝行なのだ。

しばらく大通りを歩き、南広場の噴水が見えてきた辺りで、近くの屋台から焼いた肉のいい匂いが漂い始める。すると屋台で串焼きを焼いているおばさんが俺たちに気づいて声をかけてくれた。

「おや、今日は三人揃ってお出かけかい？」

「こんにちはー」

俺とニコラが挨拶を交わす。「月夜のウルフ団」の巡回時に串焼きを分けてもらっている、デリカの親戚のおばさんだ。

もちろん串焼きをもらっていることは母さんには報告済なので、その後、挨拶に出向いた母さんとも顔見知りである。母さんがぺこりと頭を下げた。

「こんにちは。いつもウチの子たちがお世話になっています」

「なにを言ってるんだよ。こっちこそ、いつもあんな良いトマトを貰っちゃってすまないねえ。それで今日はこれからどこに行くんだい？」

「ええ、マルテ商店に調味料なんかを買いに行こうかと」

「ああ、あそこは良い物を揃えてるよね。あたしもよく……っと、いらっしゃい」

お客さんが来たようだ。冒険者ギルドの制服をビシッと身にまとった黒髪の女性——俺たちもお世話になった冒険者ギルドの受付嬢だ。

向こうも俺たちのことを覚えていたらしく、こちらを見てにこりと微笑みかける。

「あら、こんなところで奇遇ね」

「こんにちは」

「お姉ちゃんこんにちは！」

直後にニコラから念話が届いた。

『うほー！　カウンター越しなのでわかりませんでしたが、あのお姉さんはなかなかのスタイルですね！　見てくださいよ、あのふんわりとしたお尻！　ママの手を握っていなければ、すぐにでも抱きつきに行きたいところですよ！』

表面上は無邪気に笑いながら、なんていう念話を届けてくるんだよコイツは。それはともかく仕事の邪魔をしては悪い。俺たちは軽く頭を下げると、そのまま屋台を立ち去ることにする。おばさんも俺たちに手を振ってから接客を再開し、その通り過ぎざまに屋台の声が聞こえてきた。

「鳥、牛、モツ、どれにするんだい？」

「あの、ここの裏メニューで焼きトマトというのがあると聞いたのですが……」

「ふふ、まだ若いのに耳ざとい子だね。でも一見さんには売れないよ？」

「そ、そこをなんとか――」

どうやら俺の育てた魔法トマトは、ここでは一見さんお断りの裏メニューとして扱われているらしい。大切に食べてもらえているようでなによりだね。そしてそんな裏メニューをわざわざ食べに来た受付嬢……。意外な一面を見た気がする。

◇◇◇

母さんに手を引かれながら大通りから少し外れた横道に足を踏み入れると、そこは少し幅の狭い路地になっていた。路地の左右には商店が軒を連ね、人通りは少ないが、向こうからはカゴいっぱいになにかを載せた荷車を引きながら男が歩いてきているのが見えた。

ここで三人が並ぶと邪魔になる気がする。俺は母さんから手を離すと、後ろに回り込みながら話しかけた。

「母さん、ここにはお店がたくさんあるね」

「ええ、この辺りは問屋横丁って言われているのよ」

空いた手をにぎにぎと動かし眉尻を下げながら母さんが答える。うっ、やっぱり罪悪感があるな……。俺はもう一度手を繋ぎたくなる気持ちを抑えて辺りを見渡す。問屋横丁かあ。言われてみると俺が今まで見た商店とは違う空気を醸し出している。

なにが違うかと言うと、俺が普段見かけているような商店の通りでは必ず一人は見かける客引きが、ここには一人もいないのだ。前世では観光客も訪れるような賑やかな問屋街なんてのを見たこともあるけれど、ここはまさしく商人のための問屋が立ち並ぶ横丁なのだろう。

荷車を引いた男が横を通っていったので、すれ違いざまに荷車をちらりと一瞥してみると、カゴの中には山のように積まれたじゃがいもが詰め込まれているのが見えた。これはとても個人で消費するような量じゃないな。さすがは問屋横丁である。

そのまま通りをしばらく歩いていると、母さんが足を止めた。

「さあ着いたわよ。もう少し大きくなったらマルクたちにもおつかいに来てもらうと思うから、少しずつ場所を覚えましょうね？」

「はーい」

俺とニコラが声を揃えると、母さんは「マルテ商店」と看板が立て掛けられた店内へと入っていった。「いらっしゃい」と店内のおばさんが声をかけ、親しげに笑いかけた。

「おや、レオナちゃんかい。ジェインはよく来るけど、あんたは久しぶりだね」

「ライアおばさんったら！　私ももう二人の子を持つ親なんだから、ちゃん付けは止めてよ」

「あはは！　そんなの知ってるよ！　なんて言ってもあんたの赤ちゃんを取り上げたのは私なんだからさ！　……って、まあまあまあ！」

ライアは母さんの後ろにいる俺たちに気づいたようだ。俺たちを見るや否や、目を大きく見開きながら近づいてきた。

「久しぶりに見たら随分と大きくなっちゃってまあ！　あんたらは覚えていないだろうけど、あんたらを母ちゃんから取り上げたのはこの私なんだよ？」

ああ、あの時の——と言いそうになったのを、ぐっと堪える。生まれて最初に見た、巨人かと思ったあの産婆さんがこの人だったらしい。

「いやー本当に大きくなっちゃって。あのレオナちゃんが、もうこれくらいの子供の母親なんだから、時が経つのは早いもんだねえ。ほんの少し前までジェインの後ろをちょろちょろとくっつき回っていたあんたがねえ……」

「も、もうっ、子供の前で止めてよっ」

感慨深げに呟くライアに、母さんは珍しく顔を赤くしてわたわたと慌てながら、鞄から瓶を取り出した。

「ライアおばさん、今日は私はお客さんなんだからね！　お酢の補充をお願いします！　それからほかにもいくつか買っておきたい物があるんだけど——」

「ははは、わかったよ。思い出話は後でするとして、先に仕事を済まそうかね」

「はぁ、わかったわよ……」

母さんが諦めたようにガックリと肩を落とす。どうやら母さんを子供の頃から知っているみたいだし、買い物の後は思い出話に花を咲かせることになりそうだ。ここの横丁には普段と違う店があって興味が引かれるので、俺としては少し外をぶらつきたい気分なんだけど……。聞いてみようかな。

「母さん、僕ちょっとほかの店を覗いてきてもいい？」

「ええ、いいわよ。でもあんまり遠くに行っちゃ駄目よ？」

「うん、わかった」

「おやおや、大丈夫なのかい？　まだえーと……七歳くらいだろう？」

「ふふふ、この子たちは本当にすごい子なの！　だからきっと大丈夫よ～」

ライアの問いかけに母さんが自信満々で答えると、ライアは思い出したように口を開く。

「ああ～、すごいかどうかは知らないけれど、言われて思い返してみれば、この子たちを取り上げた時は随分変わった赤ちゃんだなと思ったもんだったねえ……」

生まれた時から意識があるなんて普通じゃないしね。いきなり赤ん坊の演技を無茶振りされて、しっかりとやりきれなかった自覚はある。あんまり掘り返されても困るので、ここはさっさと店を出ることにしよう。

『ニコラは来ない？』

店内に入ってから母さんのスカートの端を握っているニコラに念話を送る。スカートの端を握るのはあざといようにも見えるけど、母さんに対しては素なのかもしれない。まあどっちでもいいけどね。

『ここにいたらママの子供の頃のエピソードとか聞けそうですし、お茶菓子が出る気配があるので、私は遠慮しておきます』

『わかった。後で面白そうな話があったら聞かせてね』

『いいですよ。むふふ、今からワクテカが止まりません』

母さんが昔から父さんにべったりなのは聞いていたけれど、具体的な話は聞いたことがなかったので、その辺の話が聞けるのは面白そうだ。しかしそれはニコラに任せて、俺は外を探検することにしよう。

「行ってきまーす」

俺は店内の女性陣に声をかけ、さっそく店の外へと飛び出した。

◇◇◇

問屋横丁は思ったとおり、面白い店が立ち並んでいた。八百屋ではどの野菜も大きなカゴに詰め込んだ物がひとカゴいくらと値札が付けられ、酒屋もここでは量り売りはなく、すべてが一樽まるごとで売られている。

もちろん食料品店だけではない。生地屋ではぐるぐるに巻かれた色とりどりの生地がところ狭しと並び、食器専門店ではウチの食堂で使っているのと同じ形の木の皿が商品棚に押し込まれるように並べられ、十枚で銀貨三枚と値札が付いていた。

路地にあまり人の姿は見えず、たまに荷車に山ほど商品を積んだ人が通るくらいだが、店の中では店主と客らしき人物が談笑している姿をいくつも見ることができた。

この普通の商店とは少し違う特別な雰囲気は、まるで前世の業務スーパーに行った時のようでなんだかワクワクしてくるね。店の外から眺めるだけでも十分楽しい。

そうして時間を過ごしていると、俺と同い年くらいの女の子が紙切れを片手にウロウロしてるのを見かけた。店の中を覗いたり看板を見つめては、何度も肩を落としている。

この辺は特に治安が悪いようには思えないけれど、さっきライアに心配されたことだし、困っているようなら助けてあげよう。俺もこの辺の地理には詳しくないけどね。

「ねぇ、どうしたの？　なにか困ってる？」

俺は近くまで歩いてきた女の子に声をかけた。紙切れを見ていて前を見ていなかったんだろうか、女の子は驚いたようにビクッと肩を震わせた。

「ひゃっ……！　あ、あ、あの、道に迷ってしまって……」

俯《うつむ》いたままなので顔は見えない。女の子も俺を見ようとはせずに俺の足元を見ているようだ。人見知りなのかな。

「ふうん、どこに行きたいの？」

「オシロ酒店……」

女の子がか細い声で呟く。酒店か……。酒店は一軒しか見ていないが、ちょうどさっき見た樽がたくさん並んだ店がそんな名前だったはずだ。

「そこなら知ってるよ。このまままっすぐ進んで、あの角を曲がったところに赤い看板が見えるから。そこがオシロ酒店だよ」

「あ、ありがと……」

女の子は俯いたまま、さらに頭を低くペコッと下げると、すぐに俺が指差した方に駆け出していった。ずっと俯いていたので顔はよく分からなかったけれど、青みがかったきれいな髪の女の子だったな。

『おやおや、お兄ちゃん。ナンパ失敗ですか？』

念話に反応して後ろを振り返る。するとマルテ商店の入り口から顔だけ覗かせたニコラがニヤニヤしながらこちらを伺っているのが見えた。

『迷子に道を教えていただけだよ。それよりもそっちはまだかかりそう？』

『そろそろお暇といった雰囲気ですね。それよりもお兄ちゃん、大変なことが』

『どうしたの？』

『商品棚の片隅にドギュンザーらしき物が売られていました。アレをママが見つけてしまう前になんとかしましょう』

『なんだって⁉　よしわかった。二人で力を合わせて、アレが母さんの視界に入らないように全力を注ごう』

『お願いしま――ああっ、ママがドギュンザーの方に……！』

『今行くっ！』

俺は急いで店に向かって走り出した。

そして俺が店の中で見たものは、ドギュンザーの瓶詰めを手に取り興味深げに眺める母さんと、うつろな瞳でそれを見つめるニコラの姿であった。

母さんはドギュンザーの可能性をまだ諦めてはいない。俺はなんて説得すれば母さんに諦めてもらえるのかを考えながら、ゆっくりと母さんの元へと歩いていった。

あとがき

はじめまして。深見おしおと申します。

この度は「異世界で妹天使となにかする。」を読んでいただきありがとうございます。

まずは誰も知らないであろう私のことを簡単に紹介させていただきます。私は令和のちょっと手前くらいまで「小説家になろう」に公開されている作品を読んで楽しむ人、いわゆる読み専でした。

これまで小説を書いたこともなく、湯水のように湧き続ける大量の作品を貪るようにひたすら読み続ける日々を過ごしていたのですが——

ある日ふと、とある気持ちが芽生えました。

それは「うおおおおおおお！　自分でも何か書いてみてぇ！」という創作衝動でした。

そしてその衝動の赴くままに書いてみたのが、この作品であります。


幸いなことに読者様に恵まれまして、たくさんの反応を頂くことでさらに小説を書くことが楽しくなり無我夢中で書き進めていく中、ＴＯブックス様から書籍化の打診をいただきました。

そうして出来上がったのが、今お手持ちの書籍となります。

書籍化にあたり、担当編集様には私だけではとても気がつかないようなさまざまな改善点のアドバイスを頂きました。そのお陰で素人が勢いに任せて書いた作品から、少しは書籍として恥ずかしくないものに近づけたのではないかなと思います。

そしてイラストレーターの福きつね先生。作者である私が「えっとお～、マルクはまあまあイケメンでえ～、ニコラはとにかくすっごい美幼女でえ～」といった貧弱で曖昧なイメージしか無かったものを見事に具現化してくださり、感謝の念しかありません！　イメージイラストを拝見した時は「おお……。マルクやニコラってこんな顔してたんだあ……（恍惚《こうこつ》）」と、作者とは思えないような感想を抱いてしまいました。

最後に、この書籍を手に取っていただいた皆様。本当にありがとうございます！

マルクとニコラのほのぼの異世界生活はまだまだ続きます。これからも応援してくださると嬉しいです。

キャラクター設定集

マルク

好き 自分磨き。お風呂。
美味しいものを食べること。

嫌い 権力者。

ニコラ

好き 遊ぶこと。食べること。
寝ること。

嫌い 働くこと。
自分に面倒が及ぶこと。

ジェイン

好き 料理を作ること。

嫌い グロいもの。

レオナ

好き 家族。

嫌い 特になし。

デリカ

好き 体を動かすこと。

嫌い 曲がったこと。

ユーリ

好き 読書。勉強。

嫌い 外で遊ぶこと。

セリーヌ

好き 冒険者稼業。
仕事の後のお酒。

嫌い ナンパしてくる男。
話の通じない男。

ギル

好き お気に入りの酒場で
お酒を飲むこと。畑仕事。

嫌い 悪ガキ。

異世界で妹天使となにかする。

2020年9月1日　第1刷発行

著　者　深見おしお

発行者　本田武市

発行所　TOブックス
〒150-0045
東京都渋谷区神泉町18-8　松濤ハイツ2F
TEL 03-6452-5766（編集）
0120-933-772（営業フリーダイヤル）
FAX 050-3156-0508
ホームページ　http://www.tobooks.jp
メール　info@tobooks.jp

印刷・製本　中央精版印刷株式会社

ISBN978-4-86699-035-4

Printed in Japan